共和国故事

外资热土
——厦门经济特区建立与发展

郑明武 编写

吉林出版集团股份有限公司

图书在版编目（CIP）数据

外资热土：厦门经济特区建立与发展/郑明武编．——

长春：吉林出版集团股份有限公司，2009.12

（共和国故事）

ISBN 978-7-5463-1880-6

Ⅰ．①外… Ⅱ．①郑… Ⅲ．①纪实文学-中国-当代 Ⅳ．①I25

中国版本图书馆 CIP 数据核字（2009）第 237797 号

外资热土——厦门经济特区建立与发展
WAIZI RETU　XIAMEN JINGJI TEQU JIANLI YU FAZHAN

编写	郑明武		
责任编辑	祖航　李娇　关锡汉		
出版发行	吉林出版集团股份有限公司		
印刷	三河市嵩川印刷有限公司		
版次	2010 年 1 月第 1 版	2022 年 1 月第 8 次印刷	
开本	710mm×1000mm　1/16	印张　8　字数　69 千	
书号	ISBN 978-7-5463-1880-6	定价　29.80 元	
社址	吉林省长春市福祉大路 5788 号		
电话	0431-81629968		
电子邮箱	tuzi8818@126.com		

版权所有　翻印必究

如有印装质量问题，请寄本社退换

前　言

自1949年10月1日中华人民共和国成立至今,新中国已走过了60年的风雨历程。历史是一面镜子,我们可以从多视角、多侧面对其进行解读。然而有一点是可以肯定的,那就是,半个多世纪以来,在中国共产党的领导下,中国的政治、经济、军事、外交、文化、教育、科技、社会、民生等领域,都发生了深刻的变化,中国人民站起来了,中华民族已屹立于世界民族之林。

60年是短暂的,但这60年带给中国的却是极不平凡的。60年的神州大地经历了沧桑巨变。从开国大典到60年国庆盛典,从经济战线上的三大战役到经济总量居世界第三位,从对农业、手工业、资本主义工商业的三大改造到社会主义市场经济体制的基本确立,从宜将剩勇追穷寇到建立了强大的国防军,从废除一切不平等条约到独立自主的和平外交政策,从"双百"方针到体制改革后的文化事业欣欣向荣,从扫除文盲到实施科教兴国战略建设新型国家,从翻身解放到实现小康社会,凡此种种,中国人民在每个领域无不留下发展的足迹,写就不朽的诗篇。

60年的时间在历史的长河中可谓沧海一粟。其间究竟发生了些什么,怎样发生的,过程怎样,结果如何,却非人人都清楚知道的。对此,亲身经历者或可鲜活如昨,但对后来者来说却可能只是一个概念,对某段历史的记忆影像或不存在,或是模糊的。基于此,为了让年轻人,特别是青少年永远铭记共和国这段不朽的历史,我们推出了这套《共和国故事》。

《共和国故事》虽为故事,但却与戏说无关,我们不过是想借助通俗、富于感染力的文字记录这段历史。在丛书的谋篇布局上,我们尽量选取各个时代具有代表性或深具普遍意义的若干事件加以叙述,使其能反映共和国发展的全景和脉络。为了使题目的设置不至于因大而空,我们着眼于每一重大历史事件的缘起、过程、结局、时间、地点、人物等,抓住点滴和些许小事,力求通透。

历史是复杂的,事态的发展因素也是多方面的。由于叙述者的视角、文化构成不同,对事件的认知或有不足,但这不会影响我们对整个历史事件的判断和思考,至于它能否清晰地表达出我们编辑这套书的本意,那只能交给读者去评判了。

这套丛书可谓是一部书写红色记忆的读物,它对于了解共和国的历史、中国共产党的英明领导和中国人民的伟大实践都是不可或缺的。同时,这套丛书又是一套普及性读物,既针对重点阅读人群,也适宜在全民中推广。相信它必将在我国开展的全民阅读活动中发挥大的作用,成为装备中小学图书馆、农家书屋、社区书屋、机关及企事业单位职工图书室、连队图书室等的重点选择对象。

编　者
2010 年 1 月

目录

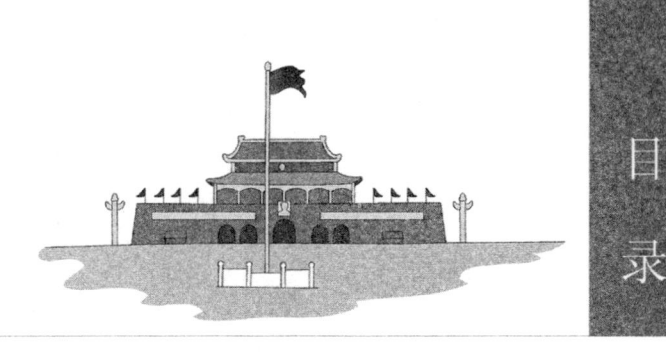

一、筹建运作

中央准备创办经济特区/002

中央决定创办厦门经济特区/005

厦门经济特区正式宣布成立/009

二、艰苦创业

经济特区加快基础设施建设/014

厦门经济特区招商取得成功/018

吴国荣开创厦门多个第一/022

经济特区发展遇到诸多问题/026

三、深化改革

邓小平支持厦门改革/032

中央给予厦门扶持政策/041

经济特区政府提高工作效率/044

经济特区推动老企业改造/052

首家中外合资银行诞生/057

边检站提高执法水平/068

经济特区做好外商服务工作/073

举办投资贸易洽谈会/079

目录

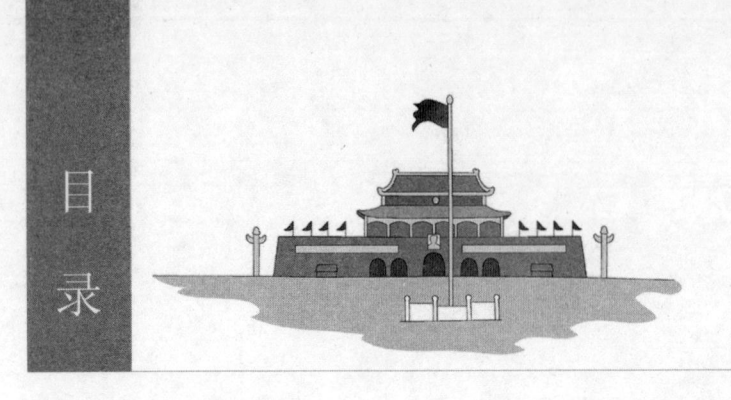

四、开创辉煌

经济特区房地产业发展迅速/090

名牌企业诞生厦门经济特区/100

厦门经济特区涌现创业热潮/103

艰苦奋斗铸就经济特区辉煌/112

一、筹建运作

- 谷牧说:"都说资本主义处于崩溃的边沿,但我看战后欧洲经济的发展和起飞,有很多的做法值得我们研究、总结和借鉴。"

- 邓小平连一分钟都不到就说:"就叫特区嘛!延安开始时就叫特区嘛!"

- 福建的代表说:"福建也要求参照广东,在福建实行类似的政策和在厦门设立特区。"

中央准备创办经济特区

1978年，是中国历史上不同寻常的一年，种种迹象都表明，中国的经济政策会有变化。

就在这一年，中央派了几批代表团出访境外，充当开放的侦察兵和先行者。

在当时，国务院副总理谷牧带队赴法国、瑞士、比利时、丹麦、联邦德国西欧五国的考察团尤其引人注目，因为这是新中国成立后，中国向西欧资本主义国家首次正式派出的政府代表团。

临行前，邓小平专门在北京饭店听取汇报，并指示考察团：

广泛接触，详细调查，深入研究些问题。

代表团此次出访，从5月2日开始到6月6日结束，历时一个多月，在西欧五国到了25个主要城市，共参观了80多个工厂、矿山、港口、农场、大学和科研单位。

而令考察团印象最深的是，他们看到了中国在工农业生产、交通运输、教育科学技术以及企业管理等方面与欧洲的差距。

考察团回国后，谷牧在中央政治局扩大会议上汇报时说：

> 都说资本主义处于崩溃的边沿，但我看战后欧洲经济的发展和起飞，有很多做法值得我们研究、总结和借鉴。

当时，参加会议的几位老同志中有人感慨地说，都说资本主义腐朽没落，只有谷牧敢讲资本主义如何如何。过去我们只知道说自力更生，为什么外国能搞加工贸易，引进外资，而我们就不能搞呢？我看我们也应该搞。

在会后，聂荣臻元帅让他的秘书甘子玉通知谷牧到家中详细介绍出访西欧的情况。

谷牧一进门，聂荣臻就开门见山地说："谷牧，你的报告写得太好了，我都看了五六遍了。真想到当年留学和工作过的国家走一走，看看他们战后是怎么发展的，可是我80多岁了，走不动了。现在借你的眼睛，逐个给我介绍法国、德国和比利时的变化。"

在当时，谷牧的西欧之行确实给聂荣臻、给中央的很多同志带回来了不一样的讯息。

果然，这一年年底召开党的十一届三中全会决定，把全党全国的工作重点转移到现代化建设上来，于是，改革开放就成为了当时最紧迫的任务。

1979年新年伊始，时任广东省委书记的吴南生前往汕头时，看到汕头的落后局面，吴南生提出了开办"出口加工区"的想法。

很快,"出口加工区"的想法经过广东省委的讨论后,上报给了中央。

在当时,邓小平听到广东方面的意见后,就明确表示支持,并说:"就叫特区嘛,陕甘宁就是特区。"

关于"特区"一词的由来,据时任副总理的谷牧后来回忆道:

> 我记得广东的特区刚搞起来名称很多,有的叫来料加工区,有的叫自由贸易区,五花八门,什么都有。
>
> 我就请示小平,说现在他们叫了各种各样的名字,恐怕中央要统一定一个名。邓小平连一分钟都不到就说:就叫特区嘛!延安开始时就叫特区嘛!

有了邓小平等党和国家领导人的支持,开办特区工作的步伐就加快了。

中央决定创办厦门经济特区

1979年4月，中央提出要建立一批经济特区时，各地都积极响应，其中广东与福建最为强烈。

在1979年4月的一次中央工作会议上，广东省委率先提出要搞出口加工区，为此，广东要向中央要政策。

在此次会上，福建和广东并不在一个小组，但他们听说广东在向中央要政策，福建也马上闻风而动。

福建的代表说："广东是毗邻港澳，我们是面对台湾，广东华侨众多，我们福建的侨胞也是分布世界各地……因此，福建也要求参照广东，在福建实行类似的政策和在厦门设立特区。"

就这样，福建虽然在提出特区上比广东慢了一点，但并没有影响他们与广东搭上同一班车。

在当时，在福建省内，也在为建立特区而争夺，其中福州、厦门两地争取得最为激烈。

中央经过反复比较，最终选择4个城市分两批办特区。第一批深圳、珠海，第二批汕头、厦门。

1979年夏初，根据邓小平的倡议，中央很快形成了《关于大力发展对外贸易增加外汇收入若干问题的规定》。

"规定"在"要充分发挥广东、福建两省的有利条件"一节中指出：

广东、福建两省邻近港澳，华侨众多，发展对外贸易的条件十分有利。中央规定，对这两省要采取特殊政策和灵活措施，让他们在开展对外贸易，增加外汇收入，加速发展地方经济方面有更广阔的活动余地，为国家四个现代化作出更大的贡献。

在当时，考虑到办特区的成败关系到中国改革开放的全局，需要中央直接派人去支持。同时也考虑到，办特区是新事物，能否超出中央控制，是不是会搞乱了，对于这些，也需要中央能够掌控得住。

因此，中央发出开办特区的信息后不久，就决定派出一个指导办特区的工作组。

工作组由国务院副总理谷牧亲自带队。

1979年5月11日至6月5日，谷牧率领中央工作组来到广东、福建。

陪同谷牧一同到来的还有国务院进出口领导小组办公室甘子玉、国家计委段云、外贸部贾石、财政部谢明、建委、物资部等部门同志组成的工作组。

谷牧一行包括了外贸、财政、建设、物资等部门，可谓阵容庞大，也显示出了中央对开办特区的重视。

在广东的18天里，谷牧同习仲勋、杨尚昆、刘田夫、吴南生、王全国、曾定石等同志座谈讨论，先后看了广州、深圳、珠海和佛山、中山、新会、汕头等地，还约见了时任港澳工委书记的王匡到广州交换意见。

在当时，叶剑英正好也在广东，谷牧就专门去做了汇报，并和叶剑英充分交流了看法。

接着，谷牧一行又驱车来到福建。

在福建的8天里，除在福州与廖志高、马兴元、郭超、毕际昌等同志讨论外，谷牧还看了漳州、厦门、泉州等地。

每到一地，谷牧都与地方同志一道分析那里的经济发展条件，研究规划目标和重要措施，讨论如何改革经济体制，增强地方经济活力，加强对外经贸工作，增收外汇，增加先进技术的引进问题。

在谷牧考察时，广东、福建也在抓紧制定向中央申请改革的文件。

6月6日，广东省委正式拟定了《中共广东省委关于发挥广东优势条件，扩大对外贸易，加快经济发展的报告》。

不久，福建省委也拟定了《中共福建省委、省革委会关于利用侨资、外资，发展对外贸易，加速福建社会主义建设的请示报告》。

谷牧把两份文件汇齐后，带回北京，正式转交给中央。

谷牧除了向党中央、国务院写了书面报告外，还当面向几位中央领导同志做了汇报。

谷牧的考察结果，给中央带来了更大的信心，中央决策层胆子更大了，速度更快了。

同时，因为谷牧对特区及改革各项事业的支持和邓小平的总设计师相对应，谷牧也被称为中国改革开放的总工程师。

7月15日，中央颁发了［1979］50号文件，即《中共中央、国务院批转广东省委、福建省委关于对外经济活动实行特殊政策和灵活措施的两个报告》。

"报告"决定：

> 广东省的深圳市、珠海市、汕头市和福建省的厦门市，各划出一定范围的区域，试办经济特区。
>
> 在特区内，在维护我国主权、执行我国法律、法令等原则下，实行经济开放政策，吸引侨商、外商投资办厂，或同他们合办企业，引进先进技术，发展对外贸易。

中央50号文件的发布，标志着特区在中国即将破土诞生。

厦门经济特区正式宣布成立

1980年冬天，天寒地冻，中共中央的一纸人事任命为福建早早带来了春的消息：

> 项南担任中共福建省委常务书记，主持福建的工作。

接到任命的项南利用赴任前一个多月的时间，尽快翻阅了有关福建省情的资料。

1981年1月12日，花甲之年的项南从白雪皑皑的北国回到温暖如春的家乡福建，正式就任福建省委常务书记，具体主持省委工作。一年后，他被中央任命为省委第一书记。

在当时，福建是改革开放的两个先行省之一，又有一个厦门特区，肩负着为中国改革开放和经济建设"试验"的重任。这些都容不得项南有丝毫懈怠，为了向中央交出一份满意的答卷，他殚精竭虑，费尽心血。

对邓小平倡导的经济特区，项南自始至终表现了一种冲天热情。以敢讲话著称的他，不止一次地为特区正名，为改革开放和特区建设摇旗呐喊，还为特区争取更多的特权。

随着项南的到来，特区的工作也开始了。

厦门被确定为特区后，关于在厦门何处开办特区也使人颇费斟酌。当时厦门有两个选址方案，一处是马銮湾，另一处是湖里。

湖里位于厦门岛西北角，东、西、北三面临海，港区开阔，水深不淤，海岸线长，地理位置优越，交通便捷，是建设经济特区的理想之地。

考虑到湖里离市区比较近，而且基本上都是小丘陵，占用农田不多，于是有关方面最终选择了湖里。

特区成立之初，湖里的条件是相当恶劣的。在当时，湖里是一个名不见经传的小渔村，被人戏称为"厦门的夹皮沟、西伯利亚"。

厦门经济特区管委会的领导和工程师在这里实地考察工作时，每人手里都要拿着一根竹棍，因为那里常有毒蛇出没，拿木棍就是要防止被蛇咬。

有人曾经这样描述当时的湖里：

> 这里道路不平，路灯不亮，邮局找不着，商店不像样，村民"讨小海"，三餐喝稀粥，出门靠步行，回家住平房……

然而，自从厦门经济特区建立起，这个名不见经传的小渔村就永远地载入厦门乃至整个中国的发展史册。

1980年7月10日，福建省委、省政府向中共中央、国务院报送《关于建设厦门经济特区的报告》。

10月7日，国务院正式批准了在厦门湖里，划出2.5平方公里土地作为经济特区。

从此，厦门特区的历史翻开了新的一页。

1981年的那顿年夜饭，对于很多老湖里的居民来说，是五味杂陈的。

如今已经搬到镇海路的杨细妹回忆说：

在过年前几个月，经常挑菜到厦门来卖的同一个生产大队的一个小伙子到家里来，带了张揉得皱巴巴的报纸，那是一张1980年12月4日的《厦门日报》，里面的内容着实让大家心里怦怦乱跳。

国务院发出通知，正式批准建设福建省厦门市经济特区，确定在厦门岛西北部的湖里划出2.5平方公里的土地进行总体规划，近期要先集中力量建设1.1平方公里。

大队里消息灵通的人说："我们这里的地都要让出来，政府要围起1.1平方公里搞建设，以后这里都是工厂，还有高楼大厦和小汽车。"

所以，1981年的春节，特区及周围很多人都忐忑不安，包产到户才没过几年，忽然间，生活就要有如此巨大的改变。

这对于大家来讲，到底预兆着什么，当时没有人能够说清楚。

1981年10月15日，经过一年筹备，厦门经济特区在湖里破土动工，这就是开启厦门历史著名的"湖里第一炮"。

动工的仪式很简陋，没有彩旗、锣鼓、鞭炮和领导剪彩，只有一大排推土机的轰鸣声。

所谓的"放炮破土"，就是将几个丘陵平整，使之成为能够办工厂的场地。

当年破土动工的地方，就在后来厦华电子厂房附近的一个小山丘上，上面还种着地瓜、花生。

伴随着"湖里第一炮"的打响，厦门特区的建设开始了，就在这一片荒芜的土地上，一个经济的奇迹就要诞生了。

二、艰苦创业

● 吴国荣大胆提议：我们不如几个人合伙做些什么？

● 一位老同志不禁泪流满面，痛心疾首地说："革命先烈流血牺牲得来的土地，给你们一下子卖掉了！"

● 特区建设者心里主要的疙瘩是：改革开放到底是"放"还是"收"？

经济特区加快基础设施建设

1981年10月15日，厦门"湖里第一炮"打响后，特区的建设开始了。

湖里炮响后，特区管委会的同志既兴奋又很担忧。因为当年的对外交通很不便，没有机场，到厦门来的客人只能坐火车。

而即使是火车也不是很让人满意，当时只有一条鹰厦铁路通往厦门。

在水运方面，海上就一个和平码头，不是深水港，只能停靠小货轮。

其他各个方面也不能令人满意，打个电话还要去邮局排队、填单、挂号，要等老半天。

这么差的条件，有哪个外商敢来？厦门副市长、特区管委会第一副主任江平认识到，搞特区，基础设施要先建起来，才有条件让外商进来。

于是，厦门特区及时提出，实施湖里的"五通一平"工程，即通水、通电、通讯、通邮、通车和平整土地。在"五通一平"的带动下，特区的基础设施建设大张旗鼓地展开了。

而此时特区管委会面对的最大问题是资金问题，当时，中央就给了5000万元作为启动资金，厦门自己拿出几百万元，就这样干起来了。

接着，在各方的努力下，经贸部批下了一笔来自科威特的2200万元贷款，建设厦门高崎国际机场。

机场主体工程是跑道，可资金到位了，福建却没有大型工程的建设经验，怎么办？

时任福建省委书记的项南倾注了大量心血，他多次去北京，请求资金援助和项目立项。

此后，福建省又把时任闽江水利水电工程局局长的张林调往厦门，以"项目承包制"的做法搞机场建设。

作为当时福建省内首屈一指的水利设施建设单位，闽江水利局在混凝土浇灌方面有着丰富经验，尤其是他们的混凝土搅拌设备，数量多、速度快，在省内闻名。

1982年1月10日，厦门高崎国际机场破土动工兴建。改革开放使厦门由"海防前线"变成"开放前哨"的经济特区，建设气魄非同凡响。机场开工典礼那一天，天空带有腊月的寒意，但工地的气氛却热气腾腾。

要进行如此浩大的工程建设，且必须在一年内完成机场的地面土建部分，令厦门人兴奋不已。

典礼台设在一块新平整的土地上，由5部8吨载重车拼搭而成，两台长臂的起重机各托起4面红旗，表示我国的"四化"建设。

同时，起重机拉挂开工典礼的横标和对联，形成一个富有创意的机场开工典礼台。

正是依靠包括闽江水利局在内的10多家建设单位超

常规的建设速度，才促成厦门高崎国际机场在 1983 年 10 月 22 日胜利通航。

值得一提的是，机场从动工兴建直至正式通航，前后仅用了一年零九个月，这是我国第一个由地方自筹资金建设的机场，也是我国运用外国贷款建设的第一个机场。其前所未有的建设速度，赢得了国内外专家的广泛赞誉，成为我国改革开放的一面旗帜。

除了机场，其他基础设施也在开始兴建。

1982 年 2 月 25 日，《厦门日报》特区版第一期出版，这一期的头条新闻《厦门特区加紧基础建设 海陆空工程已全面铺开》这样写道：

中外人士瞩目的厦门经济特区，经一年多来的积极筹建，各项基础设施陆续动工，海、陆、空配套工程已全面铺开。

这一批由国家投资几亿元的宏大工程计有：湖里出口加工区的"六通一平"；东渡新港前期工程建设；厦门机场修建工程；自来水扩建工程；架设 11 万伏过海高压线路；增建微波通信、程控自动电话等电信设施；建造旅游专用码头；修建新的城市干道等。

特区版第一期还刊登了厦门市委第一书记陆自奋谈《厦门特区发展方向》。陆自奋说，当时要建设的 5 个基地是：

> 轻工基地、外贸基地、经济作物基地、科教基地和祖国统一基地。

同时，特区版还专门刊发了厦门经济特区湖里加工区示意图。

此后，东渡新港第一期工程建设等一批配套基础设施工程也陆续开始施工。

伴随着基础设施的逐渐完善，厦门经济特区也正式开始起飞了。

厦门经济特区招商取得成功

1980年，对于厦门人来说，是改变命运的一年。这一年的8月26日，全国人大常委会正式宣布：

在深圳、珠海、汕头和厦门设立经济特区。

厦门因此成为全国最早的4个特区之一。

当时的厦门，工农业总产值11亿元，进出口贸易1.4亿美元，财政收入只有区区1.8亿元。

"经济特区"4个字，当初人们直观的理解，就是发展，而发展就需要招商引资。

于是，厦门市政府成立了厦门经济特区建设发展公司。建发公司身兼政府职能与实业开发两职，是厦门特区招商引资最重要的窗口。

建发公司成立后，各项招商工作便展开了。最初的招商方式是简单的，主要是采用发传单、送信函、拉朋友的方式来招商。

在当时，分管经贸的副市长江平把特区的这种招商方式称为"手工式"招商。然而，这种落后的"手工式"招商，在改革开放初期的中国，却取得了很好的效果。

后来的建发集团总经理吴小敏告诉记者：

在1980年到1984年的4年间，建发公司共对外洽谈签订合资合作项目471个。

在这种情况下，被称为"投资厦门第一人"的陈应登来到了厦门。

此时，陈应登所在的印华地砖厂已在新加坡完成了前期征地和设计工作，作为一个投资者当然要考虑投资的效益。由于舍不得放弃投资条件良好的新加坡，印华地砖厂股东之间产生了分歧，决定把股权全部转让，其他股东都退了出去。

于是，陈应登集中资金，买下了工厂的全部股权。

1981年，陈应登听到厦门作为国务院批准的经济特区，将对海外开放，陈应登对中国的改革开放甚感欣慰，他极其敏锐地把握住了中国这一重大转机，决定在厦门投资发展。

陈应登初来厦门时，作为海防前线长期处于封闭状态的厦门，国家基本没有投资建设，湖里2.5平方公里只是一片荒滩野岭，要路没路，要电没电，要水没水。在这样的地方投资，要付出什么样的艰辛是可想而知的。

但是，在陈先生心目中，对故土的爱胜过一切。作为一个华裔企业家，他没有忘记家乡故土，更不会忽视中国这个巨大的有待开发的市场。

在与特区的接触中，陈应登再次感受到，当时厦门投资的硬软环境都不具备。

特区的招商部门也感觉到了招商的艰难，几十年来，厦门人一直搞计划经济的国有企业，根本不懂得如何同外商打交道。而且，一切有关的法律、法规、管理办法、实施条例还都在酝酿阶段。

陈应登作为第一个来厦门投资的外商，所有的问题都是他第一个碰到：水电供应，原料、燃料的价格，人才的流动等等。

问题碰到了，陈应登就需要和相关部门接触解决，因此陈应登也出了名。

当时厦门政府各个职能部门，从领导到具体办事人员，都知道厦门来了个外资企业叫印华地砖厂，老板叫陈应登。

经过艰难的准备，陈应登投下了近千万美元的资金，在湖里的荒山野岭中建起了第一座现代化的厂房，从原西德林格雷特公司引进先进技术和全套自动化生产设备，第一条年产30万平方米劈离砖生产线在1984年7月正式剪彩投产。

印华地砖厂投产后，由于印华地砖厂制造工艺先进、烧成温度高，这种以优质黏土为原料的产品，具有强度大、吸水率低、抗冻性强，不打滑不反光，冷热稳定等多种优良性能，加之颜色为自然本色，不褪不变，色差柔和，富有自然美感，可广泛适用于各类建筑物的外墙装饰及厂房、车站、广场、人行道等地面铺设。因此，印华地砖厂的投产填补了国内建材行业的一个空白。

此后，北起黑龙江，南至海南岛，全国各地许多大城市的重要建筑物上都可以见到印华的劈离砖，印华地砖厂为中国各地的许多优秀工程提供了建筑装饰材料。上海市1990年获得"80年代中国十大优秀工程"称号的华东电管大楼、北京亚运会国际会议中心，用的都是印华人的劈离砖。

同时，劈离砖还远销新加坡、澳大利亚、加拿大等国家和地区。

可以说，陈应登用心血和汗水铸成的印华地砖厂为后来的外商投资厦门特区做出了示范，也为外商与中国经济合作带了好头。

同时，印华地砖厂作为第一个赴福建厦门特区投资的外商集团，无论对中国的改革开放，还是对陈先生事业的发展，都具有重要意义。

继印华地砖厂之后，在招商部门的努力下，一大批外资企业来到厦门，这为厦门经济的发展提供了动力。

吴国荣开创厦门多个第一

在厦门市,有一个企业开创了厦门多个第一:

厦门市第一家成立的民营性质公司;

厦门市第一家牵头创办城市信用社的民营公司;

厦门市第一家购买高级写字楼和大片商场的民营公司;

厦门市第一家拥有进出口权的民营公司;

厦门市第一家作为主发起人设立定向募集的股份有限公司的民营公司。

被冠以如此多荣誉的就是厦门荣滨集团股份有限公司,而创造这许多"第一"的敢为天下先者,就是公司董事长吴国荣。

或许是生长在海边的缘故,吴国荣少年时曾梦想当个海军战士,驾驶着军舰在浩瀚的大海上劈波斩浪,一往无前。

然而,命运之神却把他推进了另一个大海,那就是商海。

1982年初的一天,吴国荣和几个年轻人凑在一起,感叹待业的烦恼,生活的拮据。

面对困难的处境,吴国荣大胆提议:我们不如几个人合伙做些什么。于是,吴国荣就和三位待业青年筹集了 3000 元,开始了艰难的创业生涯。

不久,在湖滨中路,立起了一间铁皮房子,那就是吴国荣等人的荣滨食杂店。这个不起眼的荣滨食杂店,也就是荣滨公司的前身。

那时的湖滨新区交通还很不方便,道路坎坷。然而,有中央政策的支撑,吴国荣和他的伙伴们信心十足。

资金少,吴国荣等人就通过勤进勤卖来加速周转。一包糖果 5 元,一包蜜饯 5 元,吴国荣每次都只进一包,上午进货一趟,下午进货一趟,以和市区一样的价格销售,很快赢得了附近居民的信任,生意也日渐兴隆起来。

随后,荣滨食杂店发展成荣滨贸易公司,成为厦门市首家注册的民营性质公司。

借着改革开放的东风,吴国荣凭着他的智慧和胆略,商海泛舟,马不停蹄地加大了动作。

此时,吴国荣的目光首先瞄准了进口汽车配件市场。在当时,街上行驶的进口汽车很多,而进口汽车配件却难觅,这令许多司机伤透了脑筋。

看到这个情况后,吴国荣敏锐地意识到,汽车配件贸易前景广阔。

于是,吴国荣及时果断地调整经营战略,将主要资金和精力转向经营进口汽配,迅速从日本以及我国的香港、深圳、广州等地组织了数个品种的汽车配件。

接着，公司在厦门白鹭宾馆召开全国进口汽配订货与交流会，同期还举办了两次进口汽配及维修技术讲座，赢得了全国100多个汽车制造厂、修配单位代表及经销商的赞誉，并取得了较好的经济效益。

在创业过程中，吴国荣十分注意把握天时、地利和人的辩证关系，善于发挥厦门这一经济特区和对台贸易前沿的特殊地理位置的优势，广交各方面朋友，大搞外引内联。

在吴国荣的带领下，公司仅作为沈阳电缆厂的总经销单位，一年销售额就几千万元。

在后来的几项决策中，吴国荣作为现代企业家的超前眼光和敢为天下先的胆略，更是得到了充分体现。

1987年，吴国荣在市科委的支持下，成立了荣滨科技开发公司，进行科技新产品的开发。

1987年，吴国荣看准机会，果断地买下了湖滨南路繁华地段1700多平方米的商场，买了海滨大厦写字楼，准备筹建进出口公司。

也是在1987年，在人民银行和市有关部门的支持下，吴国荣牵头创办了湖滨城市信用社，荣滨公司拥有70%股权……

后来，"荣滨"发展成为拥有9家投股公司、3家参股公司和两家协作企业，经营范围涉及金融、基础设施投资、高科技开发、房产业、物业、进出口和国内贸易等业务，成为资产上亿元的企业集团。

1994年，"荣滨"被福建省政府授予"爱国、敬业、守法"先进企业，被评为厦门市"重合同，守信用"先进单位。

同时，吴国荣也被评为首届全国优秀青年企业家，福建省"爱国、敬业、守法"先进个人，还被推选为全国青联委员，全国民营经济研究会常务理事，福建省青年商会副会长，厦门市青年企业家协会副会长，开元区商会会长。

从办食杂店到跨省投资造桥，吴国荣创造了一个又一个"第一"。

正是有了吴国荣这样敢于不断开拓第一的人，厦门的发展才不断彰显出无穷的活力。

经济特区发展遇到诸多问题

1981年11月,一位离开深圳市委主要领导职务的老同志,将一份《关于深圳特区建设的几点意见》交给了中纪委常委毛铎。

这份"几点意见"主要是对深圳改革的质疑。其实,从深圳、福建成立特区以来,对特区的质疑就从来没有断过。

在当时,蛇口刚刚动工时,陕西的一位省委副书记来到这里,当年他在这里打过游击,见到外商在这里办企业,他不禁泪流满面,痛心疾首地说:"革命先烈流血牺牲得来的土地,给你们一下子卖掉了!"

像这位老干部一样,一批内地老干部到特区参观后,也在议论说,在特区,除了五星红旗还在飘之外,遍地都是资本主义!

在当时的环境下,反对特区的声音是很大的。"几点意见"交上去不久,一家报纸就发表了《上海租界的由来》,其观点和"几点意见"一样是批评改革。

几乎与"几点意见"的时间同步,一个调查组在深圳、珠海、汕头和厦门特区进行了调查。

1982年初,这个调查组很快就写了一份"调查报告"。这份调查报告指出深圳的"问题"。调查报告特别指出：

> 引进外资成片开发，要警惕有形成变相租界的危险。

调查组在撰写调查报告的同时，又整理了一份材料，题为《旧中国租界的由来》。

这年的 4 月下旬至 5 月初，北京专门召开了一个有关特区的会议，也就是在这次会议上，有人第一次在正式场合向特区提出责难：

> 我认为深圳搞这么大的规划是不现实的。不是一般的大，而是大得无边。
>
> 特别要指出的是，有人想要和计划经济"脱钩"，想割一块出去自己搞。我认为搞计划经济是客观需要，不是你哪一位领导想怎么搞就怎么搞的。你想"脱钩"是不可能的。
>
> 现在有的资本主义国家，包括日本、美国、法国都认为要搞计划经济，我建议省计委，你们也建议省委，应该把特区的计划管起来。不能讲特区经济是以市场调节为主。有这么大的外资，宏观计划更应该加强嘛，银行管理也要加强指导嘛！因此，特区建设也应该纳入计划，要加强特区计划管理……

这段讲话让很多人都吃了一惊,因为谁都知道,特区经济以市场调节为主,这是 1980 年中央文件上白纸黑字写得清清楚楚的呀!

1982 年 4 月,一位著名的老报人又在其名牌栏目《读史札记》发表《痛哉,租地章程》一文。

这篇文章讲的都是旧中国的事,但看的人似乎都觉得,文章所说的是发生在特区的事。

对于特区起步时的争议和压力,时任厦门特区管委会主任的王一士回忆说:

> 1981 年底,厦门特区第一家外资企业印华地砖厂在厦签约,对于这家合资企业,争议还是不小;而当时的国有企业厦门卷烟厂作为厦门首家与外商合作的企业,引进了第一条全自动卷烟生产线,生产骆驼牌香烟,当时就有人说这是"卖国主义"。

到 1983 年,对特区改革的质疑还在继续着,时任厦门副市长的江平向记者回忆说:

> 湖里特区建设起步时,大家一边多方筹钱,一边"摸石头过河"搞建设,不仅困难重重,而且精神压力很大。谁料,两年后的 1983 年,

全国有些地方刮起了走私浪潮，影响非常恶劣，于是国内有一阵子也出现了否定改革开放的杂音。

而这期间，有些本来就不相信甚至反对中国搞改革开放的人，就写书、出册子从北京寄到厦门，书中指责说"特区就是当年的上海租界，你们这是在搞旧上海的租界"。

这么大的"帽子"扣过来可不得了，特区内一些同志思想也有些犹豫了。

在当时，特区建设者心里主要的疙瘩是：改革开放到底是"放"还是"收"？经济特区到底是姓"社"还是姓"资"？

江平回忆说：

> 在当年的种种非议和压力下，厦门经济特区究竟还有没有前途？还要不要继续办下去？我们的国门到底是继续开放，还是马上关闭？中国是不是还要退回到原来的老路上？

然而，面对质疑，厦门特区的决策者和建设者们并未因此退缩。他们顶着杂音，继续开工，一个更大的想法也酝酿开了。这个"想法"，就是把特区扩大到全岛，并把厦门建成自由港。

那是在 1981 年 7 月，泰国华侨李引桐在致送福建省委《关于厦门特区建议的意见》中提出把厦门变为"自由港"。他提出：

> 福建办特区的条件不如广东，没有类似港澳这种现成的自由港可以利用。因此，厦门比之深圳、珠海，门要敞得更宽一些，对投资者的利益应该优厚一些。

在国门初开之时，这些思路无疑起到一种震聋发聩的效果。李引桐的建议获得时任福建省委书记项南的重视。其时，思想解放的项南一直在寻找福建改革开放的快捷路径。

但在当时，狭小的特区面积，特区政策不能全面放开，这些大大制约了厦门特区的招商工作，并进而影响到特区的发展。

因此，"把特区扩大到全岛并把厦门建成自由港"的想法，在当时也已经成为福建和厦门的共识，就等中央点头了。

三、深化改革

- 邓小平深情地望了望东渡港区，嘱咐大家："形势很好呀，希望你们扎实干，干得更好些。"

- 王震立刻表示说："我完全同意。"

- 曾谋耀说："作为房管职工，徐虎就是把住户装在心中，处处为住户着想，我们应当向他学习。"

邓小平支持厦门改革

1984年2月7日,对于厦门人来说,是一个不同寻常的日子。

因为在这一天,中国改革开放的总设计师、经济特区的倡导者邓小平将来厦门视察工作。

提起邓小平,特区人总是充满感激之情。邓小平自特区建立之日起,就一直关注着这颗中国改革开放幼苗的成长。

1981年,国家处于国民经济调整期,拿不出钱来支持特区,特区建设面临着种种困难。

正是在这年的中央工作会议期间,邓小平语重心长地对广东、福建的领导人说:"经济特区要坚持原定方针,步子可以放慢些。"

"放慢些",是出于对国家经济暂时困难的考虑,也是对特区面临困难的理解。而"坚持原定方针",特区要坚定不移地干下去,"杀出一条血路来",是邓小平的一贯思想。

1982年,特区准备聘请外籍人士当企业经理,却遭到一些人的责难,并被指为"卖国"。

邓小平得知这一情况,立即表态,可以聘请外国人当经理,"这不是卖国"。

几年过去了,特区建设发生了巨大变化,此时特区人多么渴望80高龄的邓小平来到特区看看啊!

1984年2月7日,农历正月初六,邓小平和中共中央政治局委员王震在视察了深圳、珠海经济特区之后,从广州乘坐专列到厦门。

这是邓小平对厦门经济特区的一次历史性视察。

当时的福建省委第一书记项南、省长胡平、福州军区司令员江拥辉、厦门市委书记陆自奋、市长邹尔均等省、市党政军领导同志,全程陪同了邓小平的视察活动。

在厦门视察期间,邓小平一行下榻在厦门宾馆5号楼。

2月8日上午,王震和省、市有关领导陪同邓小平来到东渡港区1号泊位。

邓小平身着银灰色中山装,神采奕奕,迈着稳健的步伐朝驳岸走去。

到驳岸后,邓小平关切地询问工程负责人:"工程进展好吗?"

工程负责人答道:"首期4个泊位已经建成,现在正抓紧储运仓库和港区道路建设。"

邓小平连声说道:"好!好!"

接着,邓小平又了解了泊位的堆场建设情况,当他听说1号泊位已由杂货码头改为集装箱码头时,便赞许地说:"要得,这一步有远见嘛。"

看到工人们正在安装集装箱装卸桥吊,邓小平几次手搭凉棚仰首观看,频频挥手向工人们致意。

当邓小平向2号、3号泊位走去时,他看到数台10吨级龙门一字排开,他微笑着对身旁的有关领导说:"就是要按现代化港口标准来建设。"

接着,当邓小平得知这样规模的岸式杂货码头当时是国内最大的之时,他露出喜悦的神情,告诉有关领导:"发展经济特区,一定要基础设施先行。"

当邓小平和港区的同志们挥手道别时,他深情地望了望东渡港区,嘱咐大家:"形势很好呀,希望你们扎实干,干得更好些。"

离开东渡港,邓小平登上了"鹭江"号游艇,福建省委书记项南坐在他身边。就这样,邓小平一边游览海上风光,一边听取项南汇报工作。

谈话开始后,项南摊开厦门市区图,对邓小平说:"厦门特区范围太小,只有2.5平方公里,应当扩大到全岛131平方公里。"

邓小平感兴趣地问:"为什么?"

项南回答说:"2.5平方公里面积实在太小了,太束缚手脚,搞成了也没有多大意思。"

邓小平一边听汇报一边察看地图,并问王震:"你说行不行?"

王震立刻表示说:"我完全同意。"

邓小平微笑了一下,肯定地说:"我看可以,这没得啥子问题嘛。"

听了邓小平的话,在场的福建省、市领导都高兴地露出了会心的微笑。

接着,项南又向邓小平提出建立自由港的问题。

早在几年前出访期间就对自由港有所了解有所心动的项南,此后,每逢中央领导人来厦门视察,项南必定要汇报"自由港"的问题,但得到的回答大部分都是说"研究研究",后来就没有了回音。

然而,项南并不死心,他决定趁邓小平视察厦门之际再作动议。

于是,项南委婉地说:"厦门岛四面是海,是天然的隔离带。厦门全岛建成特区,这对开展对台工作也有利。厦门离金门最近的距离只有1000多米,一开放,再搞一个落地签证,'三通'不通也通了。所以厦门工作做好了,对将来祖国统一也有利。"

听到这里,邓小平说:"对了,就是应该这样考虑问题嘛。"

接着,项南又说:"现在台胞到大陆,都不是直来直去,而要从香港或日本绕道来,这太麻烦了。如果把厦门特区变成自由港,这对海峡两岸人民的交往会起很大的促进作用。"

邓小平对特区建设中的许多新事物新问题都很感兴趣,就询问什么是自由港。

项南和围拢过来的厦门市领导陆自奋、邹尔均等把从香港调查得来的资料作了概括性的汇报。

听了汇报后,邓小平脸上非常平静,没有说话。

将军风度的王震看来有点性急,他快言快语道:"老爷子,你说嘛,我看这个意见很好,应该考虑。"

邓小平深深地吸了一口烟,略一沉吟,说:"可以考虑。自由港都实行哪些政策呢?"

项南回答说:"可以参考香港的做法,一是货物自由进出,二是人员自由往来,三是货币自由兑换。"

邓小平听了后,静静地抽着烟,望着窗外的大海,仔细地思考了一会儿,说:"前两条还可以,可后一条不容易,但没关系,在这个问题没解决之前,可以实行自由港的某些政策。"

在游艇上,项南还建议把正在建设的厦门机场改称厦门国际机场。

项南说:"建厦门机场就是为了飞新加坡和东南亚一些国家和地区,将来还可以飞台湾,叫国际机场有利于对外开放。"

邓小平对项南的考虑极表赞同,他认真地说:"就是应当飞出去嘛!就用国际机场这个名字。"

就这样,扩大特区面积、建立自由港的计划,就在这简短的谈话中被确定了。

看到如此顺利地达到了目的,看到邓小平对厦门特区如此地支持,项南和福建的干部都非常激动,他们再次感到邓小平作为改革开放总设计师的睿智与果断。

游艇环鼓浪屿一周后,邓小平、王震和福建省、市领导一起登上了鼓浪屿码头。

时值春节，鼓浪屿和厦门岛一样喜气洋洋，鼓浪屿码头人来人往穿梭如织。

忽然，鼓浪屿从未有过地欢腾起来了。拥挤的人群自然而然地腾出一条路。举国上下无人不识的邓小平出现在人们面前，群众欢呼着，使劲地鼓掌，邓小平一路走也一路鼓掌，不时向人们挥手致意。

此时，还有不少人向邓小平伸出手，他微笑着一一与大家握手。

当邓小平满脸笑容地来到一群小朋友身旁时，一个个奶声奶气的声音向他传来问候："邓爷爷好！"

邓小平慈蔼地摸摸他们的头，拉拉他们的手，拍了拍他们的小脸蛋。

在音乐厅路口，一位妇女抱着一个男孩站在那里，邓小平停下来，伸手摸摸小孩的脸腮，然后笑眯眯地抱过小孩，在他脸上亲了亲。

80岁高龄的邓小平用这些无声的亲切举动对祖国的花朵、对特区未来的建设者们表达了无限的深情。

接着，邓小平缓步攀登了日光岩，领略鼓浪屿的自然风光。他赞美鼓浪屿，对随行人员说："这里风景好，我们合影留念嘛。"

从此，日光岩留下了我国改革开放总设计师的脚印，鼓浪屿留住了一位世纪伟人的身影。

随后，邓小平还接见了鼓浪屿好八连和厦门水警区官兵代表，并分别和他们合影留念。

2月9日上午，邓小平到厦门大学视察。厦大的校、系、部门的负责同志、著名教授、先进工作者和学生代表200多人怀着激动喜悦的心情，早早地汇集在建南大礼堂。

9时左右，邓小平乘坐中巴到达了，人们高兴地以热烈的掌声欢迎邓小平到来，厦大几位负责同志迎上前。

邓小平和他们一一握手，并说："同志们好！"

然后，邓小平和大家一起走到礼堂前，与前排的代表们握手，并和大家合影留念。

学生们闻讯赶来，邓小平频频向他们招手致意，连说："同学们好！"

学生们兴奋得直鼓掌。

怀着对这座著名海滨学府的美好印象，邓小平又匆匆地前往湖里工业区。

湖里工业区是厦门特区的发祥地，但当时它还只是一个正在建设的大工地。

举目望去，除了特区管委会综合办公楼外，区内的建筑物只有一座印华地砖厂的厂房和两座通用厂房。

邓小平明显地看到了厦门特区与深圳特区的距离，他有些沉默了。

在特区管委会接待室里，邓小平站在厦门特区远景规划模型旁边，一边认真听取厦门市市长兼特区管委会主任邹尔均关于厦门特区建设情况的汇报和讲解，一边陷入了沉思。

厦门是我国天然良港和东南门户,与台湾隔海相望,与金门近在咫尺,具有独特的区位和人文优势。厦门经济特区的发展,对发展我国东南沿海地区的经济,对发展海峡两岸关系、促进祖国统一将发挥不可替代的重要作用。

想到此,邓小平强烈地感觉到,厦门经济特区必须上得快一些,应当办得好一些。

当邹尔均市长拿出笔墨请邓小平题词时,他欣然应允,在铺开的宣纸上满怀深情地写道:

把经济特区办得更快些更好些。

这是邓小平对经济特区的殷切期望,也是对厦门人民的鼓励和鞭策。

在场的福建省和厦门市的领导一致表示,一定要按照邓小平的指示和题词精神,进一步加快厦门经济特区的建设和发展步伐。

同一天,邓小平还视察了厦门国际机场和陈嘉庚先生生前倾资创办的集美学村。

在集美学村,邓小平怀着对被毛泽东誉为"华侨旗帜,民族光辉"的陈嘉庚先生的敬意,先后参观了集美鳌园、陈嘉庚故居和归来园,并在归来堂听取集美校委会负责人关于集美学村发展过程和今后规划的汇报。

听完规划后,邓小平赞扬了广大华侨支持祖国四化建设的爱国爱乡精神,并指示有关领导要进一步贯彻好侨务政策。

在厦门的几天里,邓小平几乎每天都外出视察。

没有外出时,邓小平就在下榻的宾馆接见党政军领导干部、民主党派代表、台胞代表、华侨人士和港澳人士。

在同原台湾成功大学教授、1981年回大陆定居的厦大物理系沈持衡教授交谈时,邓小平还详细询问了他的生活和工作情况。

2月10日,细雨霏霏,邓小平和王震在结束视察工作之后,决定在厦门种下几棵树。

由于天气不好,省、市领导同志建议取消这一活动。可邓小平却笑着说:"下这点小雨怕什么,上山吧!"

10时左右,邓小平一行来到万石岩公园的后山上。在这里,邓小平种下了一棵千年大叶樟,王震和省、市领导也种了10多棵樟树和南洋杉。

种完树后,邓小平一行登上专列,与省、市领导挥手告别,离开了厦门返回北京。

邓小平的厦门之行,对厦门特区的发展意义是巨大的,它一方面有力驳斥了来自各界对特区的质疑,支持了厦门的改革事业,另一方面,对扩大特区面积、建立自由港的支持,为特区的进一步发展提供了更为宽广的舞台。

中央给予厦门扶持政策

1984年2月24日，结束了南方之行的邓小平，在北京邀集几位中央领导同志谈话。

谈话开始后，邓小平对大家说：

> 我们建立经济特区，实行开放政策，有个指导思想要明确，就是不是收，而是放。

邓小平接着又说：

> 厦门特区地方划得太小，要把整个厦门岛搞成特区。这样就能吸收大批华侨资金、港台资金，许多外国人也会来投资，而且可以把周围地区带动起来，使整个福建省的经济活跃起来。
>
> 厦门特区不叫自由港，但可以实行自由港的某些政策，这在国际上是有先例的。只要资金可以自由出入，外商就会来投资。我看这不会失败，肯定益处很大。

根据邓小平的这次谈话精神，党中央作出了一系列扩大开放的战略部署。

1984年5月，中共中央、国务院发出文件，决定厦门经济特区范围扩大到全岛，实行自由港某些政策，并明确指出：

这是为了发展我国东南部经济，特别是加强对台工作，促进祖国统一大业而作出的重要部署。

1985年6月，国务院作出《关于厦门经济特区实施方案的批复》，要求厦门特区应当建设成为"以工业为主、兼营旅游、商业、房地产业的综合性、外向型的经济特区"。

邓小平的重要指示和党中央、国务院的重大战略部署，为厦门特区的健康发展提供了强有力的保证。

此后，党中央、国务院根据邓小平关于经济特区建设的一系列指示精神，对厦门经济特区又给予了许多特殊政策和灵活措施：

1988年4月，国务院批准厦门市为计划单列市，赋予相当于省一级的经济管理权限。

1989年5月、1992年12月，先后批准厦门经济特区和杏林、海沧、集美为台商投资区，在杏林、海沧、集美的投资实行经济特区现行政策，从而使厦门特区的范围实际扩大了两倍。

1994年2月，中央编制委员会批准厦门市的行政级别为副省级。

1994年3月，八届全国人大二次会议授予厦门市人民代表大会及其常务委员会和厦门市人民政府分别制定法规和规章在厦门经济特区实施的立法权。

这些政策措施，大大增强了厦门经济特区改革开放和现代化建设的活力，是推动厦门经济特区进入发展快车道的无形资产和巨大动力。

经济特区政府提高工作效率

1985年，厦门特区扩大后，特区的管理工作负担更大了，在这种情况下，推进政府机构效率的提高也变得格外迫切起来。

在推进机构改革，提高工作效率过程中，工商、招商、房地产管理的部门显得尤其重要。

在以往，常常听到居民反映房管所"人难找，脸难看，事难办"。

政府推行改革后，社会各行业普遍实行服务承诺制，厦门市土地房产管理局也相应对各房管所，制定了具体的承诺内容：

> 对办理房屋调配提供服务，办好手续的标准时限为3至5天；对办理正常更换租户姓名提供服务，办好手续的标准时限为5天；对屋面修漏（翻修除外）要求两天内进行查勘，3天内进场修缮；自来水总表至分户表的水管破裂修缮要求24小时内进场抢修；化粪池、检查井堵修缮要两天内进场抢修，同时向社会公布市土地房产管理局投诉电话。

承诺服务的效果是非常明显的，便民服务卡就是推行承诺服务后的一条重要措施。

这张小卡片，正面红字印着"便民服务卡，热线电话：××××××，传呼：××××××"，背面印着：

亲爱的住户：我是您所住公房的地段房管员，当您需要我帮助或解决什么问题时，请您打热线电话或传呼，我将给予您满意的答复。

地段房管员：×××

正是因为有了这张小卡片，家住鸳江道10号楼住户的一位残疾人士，只是打了个电话，就把他家天花板维修之事解决了；晨光路43至47号的暗沟堵塞，电话刚打完不到一个小时，工人就进场维修了……

就是这样一张小小卡片，给住户带来了极大的方便。

说起这张小卡片，还有一段来历。

曾谋耀是一名地段房管员，管辖地段有630户住户，这些住户的房子绝大多数建于20世纪30年代，房屋旧陋，给房屋管理工作带来很大的不便。

一年夏天，各房管所开展向徐虎、林炳熙学习的活动和实施社会服务承诺制，曾谋耀常想，在一个新的时期、新的环境中，作为关系到千家万户生活品质的房管员，该如何更好地为人民服务？

他对自己说："作为房管职工，徐虎就是把住户装在心中，处处为住户着想，我们应当向他学习。"

曾谋耀考虑到自己作为地段房管员，经常会跑出去办事，住户有时会找不到人。

于是，曾谋耀就自制了便民卡。他把小卡片在收缴房租时或通过居民组长发放到每家每户。

和曾谋耀一样，不少房管员都认识到实施承诺的目的就是全心全意为人民服务。

有了正确的认识就会有正确的行动，在工作中，房管员们积极为住户解决住房维修方面的实际困难和合理要求。他们已把群众是否满意当作是他们工作有无成效的衡量标准。

溪岸路63号公房和毗邻的65号私房，均是20世纪70年代市政建办公楼时征用安排的拆迁户。

起初一段时间内两家关系好，65号同意63号建厨房一间，超越红线30厘米，并堵住65号窗户一半，在近20年时间里两家友好相处。

但是到1993年，两家因小事争吵不休，经多方多次协调，双方住户仍僵持着互不相让，问题一直得不到妥善解决。

实行社会服务承诺后，房管所将解决这起投诉作为重点，经过细致耐心的思想工作，圆满地解决了这一历史遗留问题。住户为此送来一面锦旗，上面写着：

人民公仆，承诺有信。

和忠里1号化粪池10多年来没人清理，粪便溢出，恶臭难闻，给附近居民带来了很大不便。

接报后，房管所当天就会同局维修处的同志现场勘察，确定维修方案，第二天就进场，一周内就清理抢修好化粪池，房管所的工作效率得到了住户的好评。

厦门特区有一平房住着两位70多岁的老人，此处地势较低，又是马路转弯处，房子容易进水。

为保证两位老人不受涝，房管所在其门口砌了一道35公分高的拦水坎。

两位老人感激地说："房管所防台风做得早，想得周到，要不全家又得泡水啦。"

一天晚上，厦门溪岸路一位私房业主，冒雨跑到房管所，反映其砖墙有可能塌下。

听到汇报后，房管所领导立即组织维修队值班人员，到现场进行加固处理。

看到房管所如此高的办事效率，这位私房业主激动地说："没想到你们会有求必应，这么迅速解决住户困难。"

类似的情况，在厦门特区各房管所遇到太多太多。

房管所，顾名思义其职责就是管理房子，如收取房租，对直管公房维修养护、修危补漏、保障安全使用等。但是，由于房管所和群众生活起居一直关系密切，人们已经养成了有困难就找房管所的习惯。

有一年 8 月，湖里房管所接到了湖里街道东兴居委会的一封来信，反映东兴居委会辖区内 1 号至针织厂原本是段泥沙路，居民进出很不方便，特别是阴雨天，路面泥泞难行，老人小孩不敢出门。为此，居委会向房管所提出铺设一条水泥路的申请。

湖里房管所所长和地段房管员郭建英对这件事十分重视，认为这是一件关系群众生活的大事，便会同局维修处到实地察看，并及时向局领导汇报。

得到房管局的支持后，房管所仅用 15 天的时间，就铺设了一条水泥路，既解决了居民进出困难，又使环境卫生大为改观，辖区居民非常高兴。

不久，居委会又申请将东兴路北侧路段人行泥沙路铺设水泥，同样得到了房管所的支持。

就这样，这些让居民真正感受到了房管所急用户之所急、想住户之所想的工作态度。

实行承诺制后，厦门市房产管理局组织人员对岛内 8 个房管所的承诺服务进行了查访，群众满意率十分高。

同时，检查人员也发现了许多群众反映很满意的房管员，像鸳江房管所的房管员杨世义，每天起早贪黑，几乎没有休息日，积极配合居委会、派出所工作，并且自费买了传呼机并把号码告知各住户，方便群众联系。

群众还普遍反映：哪里有困难，哪里就有杨世义。

当别人问及房管所为什么这样做时，他们说："只要是方便群众的事，我们都乐意去做。"

确实，作为窗口行业的房管所，实施社会服务承诺制以来，涌现了许许多多的好人好事。他们已经认识到，承诺制不仅仅是一种管理方法，更是一种新的机制，它把行业、部门的权力转变为为社会、为人民服务的责任和义务，把事后监督转变为事前及全过程的监督，把被动接受监督转变为全社会的监督。

和房管所一样，特区工商部门也积极采取多项措施提高服务水平。白泉工商所就是推行改革后，奉行"一切为百姓"的一个例子。

关于白泉工商所的生动事例，《厦门商报》曾以题为《一切为百姓——记白泉工商所》的文章予以报道。记者郑舒平在文章中写道：

2月2日，记者三次前往厦门杏林区白泉集贸市场，在白泉工商所的监督岗，所见三幕，颇有记录的价值。

中午11时30分，记者来到白泉工商所监督岗，刚落座，便见一男青年手提一瓶丹凤高粱酒前来投诉。他是华铃印染厂职工，姓曾。

工商所执勤人员立即检查，见瓶口破损，酒在启封前已从破损处漏出不少。他们当即与消费者一起赶到华铃经编有限公司大门口旁的食杂店。

15分钟后，事情已圆满解决，消费者满意

而去。

据了解，2月1日杏林工商分局已抽调人员正式成立督察分队，一方面检查工商人员在岗在位情况，另一方面加强节日期间的市场督促检查。

下午16时20分，记者在同一地点，目睹了一场唇枪舌剑的较量：一临时摊位女摊主，用水浸泡牡蛎，被执勤人员发现，当场没收了其泡水的牡蛎。

该女商贩与其舅舅，一位姓林的老者，一起来到工商所，吵吵嚷嚷，还无理取闹说："你们想吃，拿去好了。"

工商所副所长吴志达却不发火，始终和颜悦色，耐心地进行解释、教育，其诚恳、入情入理的批评，终于化干戈为玉帛。

最后，这位女摊主口服心服，其舅舅握着吴志达的手，一再表示要协助工商人员教育、督促外甥女守法经营。

据悉，白泉工商所每天都要处理乱摆摊、掺杂使假、以次充好等违章事项10多起，处罚之后，尚得苦口婆心进行劝说。

晚上19时许，记者第三次来到白泉工商所。天气较冷，市场上已没个人，但监督岗前的电子公平秤却依然在"值班"。

执勤的陈华榕、陈冰金告诉记者，工商所每天从 7 时开市至 21 时退市，"全天候"值班，随时接受投诉。此举有效地减少了不法商贩的缺斤短两现象。

特区政府服务水平的提升，无疑提高了特区投资的软环境，这对招商引资、吸引人才、改善特区形象都具有巨大的促进作用。

经济特区推动老企业改造

1984年以后,厦门特区的改革步伐进一步加快了,特区政府在招商引资的同时,还积极推动对老企业的改造。

从20世纪80年代后期开始,随着一些现代化的商场先后应运而生,原来厦门商界的大哥大"第一百货"变得相形见绌了,"老字号"面临吃老本的困境。

怎样才能既扩大经营,又投资少见效快呢?在厦门特区政策的激励下,"一百"的决策者们瞄准了当时的厦门新市区,但那里一时缺乏必要的生活配套设施,居民买东西不方便去,"一百"决定把"商场"挪到居民区去,走连锁经营的路子。

搬出去,一来可把中低档的大众化商品转移出去,腾出处于黄金地段的本部商场,开发名优高档商品,使经营上档次。

同时,搬出去后,以分散的经营扩大"一百"整体经营规模,提高市场占有率。

1992年4月,厦门"一百"超市公司正式挂牌成立。

不久,湖里、厦港、安海、同安等9家"一百"连锁超市相继开张。

连锁经营很快就见到效果,当时几个连锁店总投资

67万元，年底全部收回投资。

与此同时，把中低档商品迁出后，商场的档次上去了，"一百"本部商场销售额也翻番了。

作为厦门市第一家吃连锁这只"螃蟹"的厦门市第一百货股份有限公司，经过几年奋斗后终于走出了一片新天地。

1992年，"一百"实行连锁经营当年，销售额首次突破1.2亿元，比1991年的0.5亿元翻一番多；新增营业面积3000多平方米，是原先"一百"的1.5倍。

20世纪90年代，作为厦门连锁经营的龙头，厦门"一百"超市公司已拥有14家连锁店，实现年销售额2600万元，利润104.6万元。

后来，遍布岛内外的"一百"连锁超市已成为"一百"与大型商场抗衡的"拳头"。

和"一百"走连锁经营相似，"厦工"也是通过改革走上成功之路的。

市场经济的最重要特征之一，就是生产、流通的社会化。然而，改革开放前，由于受传统计划经济模式制约，"厦工"是家地地道道的"全能厂"。

当时，在"厦工"5万平方米的厂区内，铸造、锻造、热处理、焊接、机加工等工艺一应俱全，但生产能力却远远不能满足社会需求。

此时，"厦工"还面临着资金匮乏、厂房场地狭窄、基建周期长等困难，严重制约着企业的发展。

怎样才能迅速壮大企业生产规模呢？在当时，摆在"厦工"决策者面前的有两条发展之路：一条是靠铺新摊子，走自我扩大再生产的路，但起步难、投资大、见效慢，最大的困难是没有资金；另一条路就是走专业化协作生产的道路，通过扩散协作条件，迅速提高生产能力。这虽然是一条投资少、见效快的途径，但把维系企业命运之绳分系于众多散沙般的协作企业中，就包含了难以尽述的被动与风险。

面对企业的困境，在特区政策的激励下，"厦工"的决策者毅然选择了后一条路。

从此，社会化协作生产模式开辟了"厦工"发展的新纪元。

通过横向经济技术协作，"厦工"有效地利用社会上已经形成的生产能力和专业技术，扩大了"厦工"的生产规模和批量生产能力，闯出了一条投资少、见效快、规模大、效益高的发展生产经营之路，形成了名扬全国机械行业的以社会化、专业化为特色的"厦工模式"。

又经过多年的努力和发展，"厦工"已形成了一个地跨山东、江苏、安徽、江西、浙江、上海等省、市，拥有62家协作企业的半紧密型的经济技术协作网。

在此基础上，"厦工"又打破"肥水不流外人田"的传统观念，将社会化专业化协作扩展到销售领域，依靠各地的经销商建立起了自己的市场体系。

10多年后，一个覆盖全国，有15个办事处、60多个销售网点、200多家经销商的销售网络建立了起来,其中包括华东机电公司、华东经贸公司、东北经贸公司等大经销商100多家,社会化流通量占企业总销量的比重迅速增长到95%以上。

在"厦工"调整结构,走专业社会化之路时,创造自己的品牌一直也是非常受重视的。

在当时,经过多年的努力,"厦工"牌轮式装载机在全国已有了较高的知名度。"厦工"商标也获得了"全国知名品牌"。

改革开放以后,国内生产装载机厂家由原来的不到10家猛增到137家,国外装载机也大量涌入国内市场,世界著名装载机制造商纷纷来华投资或散件组装,装载机市场竞争激烈。

面对挑战,"厦工"及时提出了"弘扬'厦工'精神,争创国际知名品牌,把'厦工'建成多元化的跨国集团公司"的二次创业奋斗目标。

在调整中,"厦工"确定了以科技为先导,以加强内部管理、稳定质量水平为主线,以国内外两个市场为目标的发展战略。

通过引进技术、联合设计、自主开发等途径,"厦工"先后开发出不同型号的井下装载机、夹木式装载机、加高装载机、侧卸装载机和轮式推土机等。

在吸收消化美国制造技术的基础上,"厦工"开发了新产品轮式装载机和夹木式装载机等。

这些新产品无论在技术性能上，还是产品内外观质量上，均处于国内先进水平。

为确保产品质量稳步提高，"七五""八五"期间，"厦工"将大量资金投入到技术改造上，先后投资 2.5 亿元，相继建成了一批具有 80 年代水平的中小件薄板件自动喷漆线、传动试验室、总装生产线、整机涂装线等项目。

同时，"厦工"还购进了数控火焰切割机、数控等离子步冲切割机等具有世界先进水平的关键设备。

经过一系列的调整改造，"厦工"牌装载机产品技术档次、质量水平不断提高，迅速形成了产品的技术优势、市场优势、竞争优势和名牌效应。

可以说，是改革使"一百""厦工"这些老企业重新焕发了生机和活力。

首家中外合资银行诞生

1985年11月28日，厦门国际银行在厦门经济特区隆重开业成立。

厦门国际银行的成立，无论对于特区，还是对于全国来说，它都具有重大意义。因为厦门国际银行是全国首家中外合资银行，也是国内首家股份制商业银行，更是直接与国际市场接轨的商业银行。

厦门国际银行的创办，还得从外资股东说起。

李文光和李文明家族是印尼泛印集团的创办人和大股东。印尼泛印集团是印尼一家以金融投资为主的上市公司，旗下的泛印度尼西亚银行是印尼颇有名气的私营商业银行。

香港泛印集团是印尼泛印集团在香港的子公司，也是在香港注册的一家以金融投资为主的上市公司。

改革伊始，李文光就向福建提出：以香港泛印集团与福建和国内联合投资创办一家中外合资商业银行。

以项南为首的福建省委和以胡平省长为首的福建省政府当机立断，决心抓住这个机遇，把福建和厦门经济特区的改革开放推向一个新的领域，即现代化市场经济最主要的银行领域。

于是，福建开始与李文光和香港泛印集团合作，在厦门经济特区创办了一家有国家商业银行投资，也有福建和厦门经济特区投资的中外合资商业银行。

为此，福建省委和省政府指定和责成分管金融的张遗副省长负责调查研究和制订方案，并代表福建省到北京向国务院主管部门和中国人民银行请示汇报，以争取国家商业银行的支持和投资。

其实，张遗早就有在福建创办中外合资商业银行的设想，也曾不止一次地试探过，但是都没有成功。这次更是抓住机遇不放。

过了不久，中国人民银行正式来函，原则同意成立厦门国际银行。

与此同时，中国工商银行也支持福建并同意与福建联合投资创办这家新的股份制商业银行，在与李文光和香港泛印集团几经磋商后，达成了一致意见。

1985年6月18日，厦门国际银行合资合同在福州正式签订。

合资合同签订后，指定要赵宗信负责创办这家新银行。

1985年8月，按照银行章程，在厦门国际银行第一次董事会上，赵宗信被推选为第一届董事长，任期为3年。3年后，在厦门国际银行第二届董事会上，赵宗信又被推选连任第二届董事长。

在厦门国际银行成立和发展过程中，赵宗信作为董事长，为银行的发展作出了重大贡献。

按照合同，厦门国际银行是一家中外合资股份制商业银行，而在当时，中国的商业银行面临的形势并不很乐观，而采取合资经营银行更是没有一家。

原来，早在延安时期，我党就已经有了自己的银行。中华人民共和国成立以来，国家商业银行已遍布全国城市和农村。

然而，银行业对外开放的程度一直很低。到1985年，厦门国际银行成立之前，除广东和福建的几个经济特区之外，全国银行业，包括上海、北京在内，都尚未对外开放，就是几个经济特区，也只允许外国银行设立代表处或办事处，不允许设立直接经营银行业务的分、支行。

因此，在当时，国内除国家银行和国家商业银行以外，没有其他银行，更没有像国外商业银行那样的股份制商业银行。

在福建厦门经济特区创办厦门国际银行，创办一家中外合资股份制商业银行，这是一个积极、大胆的尝试。这也是全国银行改革迈出的新的一步，也可以说是全国银行业正式开放前的一个序幕或序曲。

在当时，赵宗信等人就意识到，世界各国的商业银行普遍都是股份制的商业银行。随着中国社会主义市场经济的不断发展和逐步成熟、完善，国内非国营股份制商业银行的出现是不可避免的，也是必要的。国家商业银行向股份制方向的改革也必将逐步加快，国外商业银行直接进入中国也只是时间问题。

因此，在全国厦门国际银行不过是先走一步。

于是，赵宗信等人要求新的中外合资银行，要按照国外成功的商业银行的模式和规范，结合中国改革开放的实际，与国外商业银行直接接轨，以保证新银行开业时，在进入中国国内金融市场的同时，也能够立即或迅速进入国际金融市场。

当然，作为第一家中外合资银行，厦门国际银行的成功也经历了很多艰辛。

新银行开业伊始，就面临严重困难和危机。开业最初几年，银行的股份和股东也是一再调整和变动。最后，到1991年10月才真正创办成功，形成后来的厦门国际银行。

合资银行成立时，注册资本为8亿港元，第一期实收资本为4.2亿港元。中外股东4家，中方股东3家，共占银行股份股本的40%，即1.68亿港元。其中，中国工商银行占15%，为6300万港元；福建投资企业公司占15%，为6300万港元；厦门建设发展公司占10%，为4200万港元。中方3家股东均以现金投资。

外方股东只有一家，即香港泛印集团。香港泛印集团占合营银行股本的60%，即2.52亿港元，其中7200万港元是以现金投资，其余1.8亿港元是以香港泛印集团在香港和澳门的两家合资子公司的全部资产作为投资注入厦门国际银行。

合资银行成立时，在厦门和在香港、澳门两地可以同时开展业务。而且两家子公司都是在当地注册的独立法人，与港、澳及国外商业银行早有业务上的来往。

这种方式对合营银行来说是一件非常有利的事，也是其他中外合资银行所没有的一大长处和优势。

当然，对合资银行来说也不是没有一点风险。为了保护合资银行的利益不受损害，合资合同规定，香港泛印国际财务公司和澳门国际银行在合资前的全部贷款应在合营后一年以内全部收回，不能收回的应由香港泛印集团偿还合资银行。

新银行开业面临的严重困难和危机，就是合资前澳门国际银行的贷款中，有两亿多港元的贷款无法收回，香港泛印集团也无力偿还。

这一情况，前澳门葡萄牙政府的金融管理机构早有察觉，因此合资银行刚开业，他们的负责人就向厦门国际银行董事会提出，要求合资银行负责解决。

两亿多港元不是一个小数，这对新银行来说无疑是一次严重考验。如果我们不敢负责，或者处理不当，新银行就有夭折的危险。

在这一考验面前，厦门国际银行没有低头，没有退却。对于新银行应挑的担子，没有推卸责任，也没有优柔寡断、犹豫不决。

面对困难，赵宗信等人坚决贯彻邓小平的指示：解放思想、实事求是、虚心学习、大胆试验。在香港和澳门认真调查研究西方市场经济的成功经验，结合我国实际和政策，积极主动、沉着应对。

据赵宗信后来回忆说：

>当时我们决定采取以下几条主要措施，排除危机，克服困难：
>
>第一，新银行刚刚开业，积极开展银行正常业务，打开新银行的局面仍然是当务之急，决不能有丝毫放松。我们责成银行总经理以及港、澳两个子公司的总经理全力以赴，搞好业务，尽快打开局面，站稳脚跟。
>
>第二，与李文光先生协商，在李先生同意下，调整合资银行中外股份的比例。调整后，中方3家股东联合成为新合资银行的控股股东。这一调整，对外提高了新合资银行的信用和形象，对内显示了我们办好新合资银行的决心和信心。调整是必要的，也是及时的和成功的。
>
>第三，对香港泛印集团不能履行合同，无力为澳门国际银行偿还不能收回的贷款，我们责成李先生提供足够的抵押品，包括李先生及其家族所控有的全部香港泛印集团股票抵押在合资银行。
>
>第四，积极协助李先生逐项变卖抵押品，先易后难，分期分批偿还银行。

后来，因抵押品变卖处理不及，经董事会同意将偿还期再延长一年。

经过大家努力，合资银行开业两年后，银行业务开展正常，每年都有盈余。

在此情况下，合资前不能收回的贷款，偿还了一部分，大部分尚未偿还的也得到了解决。

然而，对赵宗信等人来说，更大的一个隐患是：香港泛印集团连续3年出现亏损，也没有分红，并且香港泛印集团经营的失败，也拖累到印尼泛印集团出现危机。

为了防止和避免香港泛印集团被其他外商并购，福建投资企业公司与中国工商银行和厦门建发公司一同协商，福建投资企业公司决心抓住机遇，挑战风险，收购香港泛印集团。

1987年11月，经国家对外经济贸易部批准，福建投资企业公司以市价收购了抵押在合资银行的全部香港泛印集团股票，股票面值1港元，市值不到0.5港元，总价约5000万港元，然后全部偿还给银行。

此后，香港泛印集团按照香港法定程序和手续，更名为香港闽信集团，成为福建在香港控股的首家上市公司。

福建投资企业收购香港泛印集团后，处理抵押品又多了一个门路和渠道。香港闽信集团的全资子公司香港闽信保险公司，先收购了李文光在新加坡的一项抵押品，即印尼泛印集团在新加坡的一个公司和公司的资产，新银行收回了1000万港元。

最后，闽信集团董事会决定向福建投资企业公司贷款，银行将未及变卖的抵押品全部转让给闽信集团。

抵押品处理费时费事需要一定时间，对闽信无碍大局，银行却赢得了时间，提前卸掉了包袱，轻装上阵，对澳门国际银行影响甚大。

经过3年的一系列的努力和艰苦工作，新银行终于经受住了这次考验。

福建投资企业公司收购了香港泛印集团后，合资银行实际上已经没有了外方股东。

在解决了澳门国际银行合营前遗留的问题后，厦门国际银行立即积极而谨慎地着手选择新的合适的外国银行作为外方股东对象。

在此情况下，银行董事会分析了新银行的实际情况：新银行已成立3年，作为全国第一家中外合资股份制商业银行，厦门国际银行从开业之日起，在国内外受到了广泛关注。

3年来，许多媒体都到银行来采访过，不少外国银行来考察过。银行得到不少好评，许多人一致肯定和承认新银行是一家真正的股份制商业银行，也有一些外国银行表示对合资银行有浓厚兴趣，甚至向银行进行过试探。

因此，在这种形势良好的情况下，厦门国际银行要重新寻找新的外方股东，应该找有利于提高银行信用和增强银行实力的外国银行，同时也应该是认同厦门国际银行的章程、愿意接受银行章程的外国银行。

在当时，亚洲开发银行是亚洲的国际银行，对中国出现的第一家中外合资银行自然非常关注。

厦门合资银行成立后，亚银曾经多次来考察，对厦门国际银行也颇有好评。

于是，厦门国际银行董事会认为，亚银如果能够成为新的外方股东，对银行来说，是十分理想，也是十分有利的。

就这样，厦门国际银行董事会把亚银作为首选对象。

另外，厦门国际银行董事会还选择了与福建有多年良好合作关系的日本长期信用银行。日本长期信用银行是日本一家大银行，在全世界也是数得着的大银行。

同时，厦门国际银行还选择了与自己有多年良好关系的美国赛诺金融公司。

厦门国际银行选择的这三家外国银行或金融公司，都认同厦门国际银行的章程，愿意与中国工商银行等现有4家股东合作，商谈入股办法和入股条件。

1991年10月，厦门国际银行与亚洲开发银行、日本长期信用银行和美国赛诺金融公司在人民大会堂隆重签订合资合同。

按照新合同，亚银等三家银行、金融公司向合资银行投资两亿港元，取得合资银行25%的股份。合资银行股本从4.2亿港元增加至6.2亿港元。

合资银行原有的股东股份则做了相应的调整,其中中国工商银行调整为 18.75%,福建投资企业公司调整为 12%,厦门建发公司调整为 7.5%,香港闽信集团调整为 36.75%,董事会也做了相应调整。

就这样,经过股权变动,厦门国际银行重新成为名副其实的中外合资银行。

从 1991 年 10 月起,厦门国际银行的股东和股东的股份,没有再调整和变动过。

因此,作为一家与国际市场直接接轨的股份制商业银行,是 1985 年 11 月开业时一次实现和创办成功的。而作为中外合资银行,是到 1991 年 10 月才真正创办成功。

让人高兴的是,厦门国际银行的大胆尝试成功了。

2003 年,新银行的税后利润已超过 1 亿港元。2005 年,税后利润又超过两亿港元。

过了不久,合资银行又在上海、福州和珠海经济特区设立分行。

在澳门,合资银行还有一家全资的子公司,即澳门国际银行。这是一家在澳门当地注册的商业银行,在澳门设有总行,同时还在澳门设有 10 多家分行。

与此同时,在厦门总行原址,与福建华侨重新合建的国际银行大厦也落成了。

这是一座 32 层的高层建筑,加上上面 5 层圆顶,一共 37 层,矗立在厦门港口,成为美丽的厦门海港城市最主要的地标建筑。

在国内，厦门国际银行获得了"优秀外商投资企业"，厦门"金融机构最佳服务网点"等荣誉。

　　厦门国际银行的成功是全世界瞩目的，英国伦敦的《银行家》杂志连续10多年将厦门国际银行列入全球1000家大银行的名单之中。

　　在亚洲200家大银行的名单中，厦门国际银行也位列其中。

边检站提高执法水平

20世纪80年代末90年代初,在深化改革中,提高执法水平,增强服务意识一直是厦门特区重点抓的工作,作为特区窗口的边检站更是需要改变服务意识的重点单位。

中华人民共和国高崎边防检查站地处厦门航空港,官兵们每天最早迎进特区第一批海外宾朋,最晚送出最后一批五洲客人,被称为"两头不见太阳"的人。

在深化改革后,高崎边检站的官兵们在工作中不断更新观念,把以往的"管人意识"逐步过渡为"服务意识"。他们在文明执勤服务中默默地奉献,为特区窗口单位树立了新风,深得人们的称赞。

对于从境外来到厦门的人来说,走出机舱,映入眼帘的就是美丽的鹭岛。无论是海外赤子,还是来访的客人,那种心情是不言而喻的。

为了减少旅客停留时间,加快通关速度,高崎边检站既要严格遵守检查程序,又要使广大旅客通关顺畅满意。

为此,他们向旅客公开了工作标准:

要求检查人员在旅客进入边检现场后,候

检时间不得超过 50 分钟。

正常情况下，旅客办理入出境手续不得超过 45 分钟。

在站职权范围内处理问题不超过 30 分钟。

需向上级请示的问题在 45 分钟内回答旅客……

这些都是验证岗位服务的硬指标，也等于是向广大旅客的承诺，而这种承诺的责任比一般承诺的责任更大，影响更大。

在验证台上，检查员对旅客的证件轻拿轻放，工作中使用"请""您好""对不起""谢谢"等文明用词已成习惯。

每逢特区有重大活动，他们都专门加设会议和活动的特别通道，并临时增加人员，为特区提供专项优质服务。

在服务中，遇到旅客不解的问题，检查员们总是耐心地多做解释工作，绝不与旅客发生冲突。

一次，一个女检查员在执勤时，发现一位旅客的名字和查控对象的名字一样，按检查程序，必须向上级请示。

当时，这位旅客不理解，认为是刁难他，就大吵大闹，甚至要动手打人。

女检查员忍受着这位旅客的不文明行为，仍然心平气和地对这位旅客左一个"请",右一个"对不起",反复给他讲道理,直至这位旅客不好意思地离开。

这位检查员的文明举止和涵养受到在场其他旅客的赞扬。

在执勤现场,为了使旅客得到更多的方便,高崎边防检查站设立法律咨询服务台,值班领导亲自挂牌,现场解答旅客的疑难问题,宣传国家的有关出入境法律法规。

每天,高崎边防检查站还专门安排检查人员充当"代笔先生",帮助一些文化水平比较低的旅客填写出入境卡片,主动扶老携幼,帮助老弱病残旅客通关。

20世纪90年代,高崎边检站在全国率先把"您好""走好"等37条文明用语和30条执勤忌语,纳入规章制度,要求全体官兵在工作中对照执行,并且把文明用语制成宣传板挂在执勤现场值班室内。

在高崎边防检查站日常工作中,最让旅客满意的是在入出境检查现场设立的《入境人员须知》《出境人员须知》以及《处罚人员依据、标准》等公告牌,这些广告牌大大方便了旅客。

一次,境外客商陈先生出境时,在递上证件检查的同时,还主动附上200元人民币。

检查员一看才知道,陈先生的证件签注已过期两天,按处罚依据和标准该罚款200元,这是因为他先看了《处罚依据和标准》才这样做的。

就这样，公告牌的设立既方便了旅客，又避免了检查员与旅客之间大量的解释工作，使服务规范化。

为提高通关速度，从1990年开始，高崎边检站从早晨的第一个航班开始前半小时，到晚上最后一个航班结束后半小时，都保证入出境有人值班，实行旅客随来随检的"全天候"服务。

"全天候"服务的推行，不但减少了出入境前旅客的拥挤现象，还解决了航班高峰期旅客排长队的问题，同时也由于时间充裕，确保了航班不因个别旅客而受延误。

在提高了服务水平，获得了很多荣誉后，高崎边检站的官兵们并没有满足已取得的成绩。为使服务效果不断扩大，他们还十分注重扩大服务的外延。

为此，边检站在厦门广播电台，坚持每月做一次入出境边检热线咨询服务，为旅客解答问题。

看到边检站如此优质、便民的服务，很多旅客给节目打来电话，赞扬这一服务做得好。

有一次，广播节目正在播出，有一位外国公民用英语加生硬的中文打进电话，询问外国旅客入出境的有关条例细则。

主持节目的边检站检查员就用熟练的英语，很准确地答复了有关法规事项。

还有一次，旅检科检查员黄淑彬正在执勤时，从一位80多岁老华侨的证件上，发现了他正是当天生日。

黄淑彬在递给旅客护照证件时，微笑而诚恳地说了一句"祝您生日快乐"。

老华侨一时没反应过来,问黄淑彬:"我第一次回国,你怎么会知道?"

黄淑彬说:"是您的证件告诉我的。"

这位旅客恍然大悟,连声说:"你们太好了!太好了!谢谢你!"

社会需要承诺,承诺为了提高。高崎边防检查站正是通过他们的优质服务,给厦门赢得了很多荣誉。

经济特区做好外商服务工作

1988年3月,厦门市外商投资企业协会成立,该协会是由设立在厦门市的外商投资企业,港、澳、台胞、华侨投资企业,从事外商投资服务工作的机构和科研单位,以及外国企业代表机构、有关社会人士自愿结成的非营利性的社团法人。

协会的业务指导部门为厦门市外商投资局。每一年该协会都多次举行会议,讨论外商投资企业的问题。厦门市外商协会第十九次工作午餐会,便是该协会极其普通的一次聚会。

在闽南大酒店三楼多功能厅里,厦门市外商协会第十九次工作午餐会正在进行中。

大厅里灯火通明,厦门市委、市政府、外资委、海关、中国银行、国税局等单位负责人与厦门市380多名涉及进出口加工贸易的外资企业代表济济一堂,议题是加工贸易进口料件试行保证金台账制度。

这是厦门市外商协会一次例行的工作午餐会,也是规模较大、人数较多的一次工作午餐会。

"保证金台账制度是不是岛内岛外都实行?"

"4月1日先在岛内进行,7月1日全面推开。"

"我们建议联合办公,因为办理一个合同的手续要分别去外资委、海关、银行，非常耗费时间。还有，500万元以上合同需由海关关长签发，如果关长出差怎么办？"

"我们已做好准备，办手续做到缩短时间，提高效率，随到随批。此外，海关关长出差，都有人接替。"

一问一答，此起彼伏，这种最直接的沟通达成了，这就是工作午餐会的魅力所在。

工作午餐会是市外商协会为外商办实事的一大创举，自1992年以来，外商协会先后选择港口运输、社会治安、劳动关系、税制改革、环境保护、银行信贷、改善投资环境等主题举办工作午餐会。

每一次午餐会都获得了巨大的成功。成功之处在于会前他们深入调查，提炼主题，抓住企业最关心、最迫切要求解决的实际问题。

因为提前有准备，所以会上提出的问题，领导能及时解决的当场拍板，一时不能解决的，会后外商协会就"跟踪追击"，催请有关部门落实具体措施，抓紧予以解决。

每一次成功举办的工作午餐会，都是奠定这座桥梁的一块基石。外商协会的工作赢得了大家的一致好评，很多外商高兴地称赞说："外商协会在政府与外资企业间架起了一座桥梁。"

1993年春季，谷牧到厦门考察时，耳闻目睹了市外商协会创办以来的辉煌业绩，欣喜地为外商协会题写了"外商之家"4个字。

"外商之家"这4个金光闪闪的大字,激励着市外商协会真心实意地为企业服务,帮助他们排忧解难,使企业家们感受到"家庭"的温暖。

认真地对待企业每一起投诉,也是"外商之家"经常的"家务事"。

有一次,一家台资企业夜间无端遭到当地地痞打砸,协会工作人员接到投诉后,马上驱车赶到现场了解情况。

了解情况后,外商协会立即报告市政府办公厅,并请办公厅专项报告市委领导。

当天,市委书记及分管的副市长就做了批示,市委办公厅行文督办,公安局认真查处,伸张了正义,保证了企业正常的运作和员工的安全。

还有一次,一家中外合资企业的一位公司负责人和一位部门负责人贪污企业资金。

案发后,两人被判刑,而两人所退赃款人民币26万余元也被缴入库。

在当时,该企业认为这是企业生产资金,不能没收,便向外商协会提出投诉,希望外商协会予以解决。

了解到情况后,协会就一方面向市委、市政府领导反映情况,一方面让他们在洪永世市长和政法部门领导亲自出席的工作午餐会上提出。

工作午餐会后,协会又派人专程陪同企业人员向上级司法机关反映。

最后,26万余元返还了企业,对此,这家合资企业非常感激。

在日常工作中,"外商之家"的"家务事"很多,大到投资咨询,帮企业办理营业执照,小到购买一张飞机票。无论大事小事,协会都能认真对待。

协会会员、联络部副主任甘德龙说:"事情无论大小,都是我们义不容辞的责任,在帮政府分忧、帮企业解难的同时,我们自己也得到了锻炼。"

外商协会的工作人员仅12个,他们人少,处理的事情并不少。自1992年协会换届以来,仅投诉就解决了100多起。在他们处理的事情当中,有些还富有相当的挑战性。

骏冠塑料制品有限公司在生产过程中,因高频电磁波干扰了邻里的电视接收,被有关部门要求立即停产或立即迁厂。

然而,停产必将影响大量出口履约,搬迁眼前又没有条件,困难中他们找到了外商协会。

回忆解决这一事情的情景,蔡模楷副会长说:

> 当时下大雨,我连夜赶到环保局商量这件事,我说当时批准这家厂落户我们有责任,现在我们也有责任帮他们解决困难。

就这样,协会经过深入调查后,多方协调,在环保部门及邻里谅解下,促成了问题的妥善解决。

一方面厂方采取三条整改措施，一方面协会积极帮他们找地迁厂。

外商协会不仅关心会员企业的事情，还重视非会员企业的冷暖。

茂欣工业公司是一家未入会的台资企业。一次，茂欣工业公司的一个集装箱在办理运输时，被错留在了码头没有发运。

无奈之下，公司只好把情况反映到外商协。当天下午，协会立即向海关领导反映，请求妥善解决。

海关领导高度重视这一事情，在海关的帮助下，集装箱问题很快得到了解决，茂欣工业公司才得以迅速补办手续，货物出境了。

通过此事，茂欣公司真正体会到了外商协会的力量，马上填表申请加入协会。

"外商之家"就这样不断发展壮大，1988年成立后的几年内，会员发展到708家，协会也从开始28平方米的地方扩大到了470平方米，还有了自己的汽车以及一家经济发展公司。

家庭扩大了，"家务事"必然增多，外商协会必须向着高层次迈进。

20世纪90年代，外商协会成功地参与承办了首届外商投资企业名优产品交易会。此次交易会首创的联手合作的形式形成了我国对外开放的新格局，引起世人的瞩目。

在特区不断发展壮大的过程中，特区的硬件建设可以通过投入大量资金来实施，而软件的建设，一部分只有通过像"外商之家"这样热忱服务企业，通过达成政府与企业、企业与企业、企业与社会之间顺畅的沟通来实施。

这就是特区再造的优势。

自从有了"外商之家"，特区的外商都笑了，"外商之家"很忙，他们为特区的辉煌而不断努力着。

举办投资贸易洽谈会

1997年9月8日,由国家外经贸部主办的1997中国投资贸易洽谈会在厦门富山展览城隆重开幕。

这是一次万商云集厦门的盛会,全国类似的商品出口交易会很多,但由国家外经贸部主办的以投资为主要特点的全国性的投资洽谈会,"九八"投洽会是第一家。

"九八"投洽会是中国最大的国际招商中心,也是海峡两岸经贸合作的基地。为什么1997年"九八"投洽会这样引人注目呢?这还要从厦门"九八"投资贸易洽谈会的缘起说起。

改革之初,党中央、国务院决定在深圳、珠海、汕头、厦门设立经济特区。在当时,厦门经济特区是从湖里2.5平方公里的土地开始起步的。

经过三年多的努力,通过开发湖里工业区,建设国际机场、深水码头,广泛进行改革开放的宣传教育等,厦门基础设施建设大大加强,投资硬、软环境日益改善,外引内联工作逐步开展。

1984年2月,邓小平视察厦门,加快了厦门特区建设的步伐。

1985年5月,中央明确宣布厦门特区扩大到全岛,并实施自由港某些政策,这为厦门的腾飞创造了非常好的时机与条件。

在这种情况下,一个更新的视野打开了。

在当时,厦门面临的主要问题是:如何更多更快地吸引外资,引进先进技术以及管理技术,使对外经济活动具有更强的活力。

要实现这一目标,就要扎实地进行工作,突破传统的老做法,打开新思路。

过去厦门惯用的招商模式是组团出访。1984年国务院特区办在香港举办中国开放城市招商会。

在此次会上,全国16个沿海城市、4个经济特区组团到香港举行大规模的招商活动。

当时厦门副市长江平作为厦门代表团副团长参加工作。这些招商活动也是厦门第一次参加由国家举办的大规模的招商活动。

1985年,在中国对外开放重大决策的影响下,联合国工业发展组织准备在中国选一个城市联合举办国际性招商会。

经过考察,联合国工业发展组织决定,把举办地点选定在特区厦门。

此次国际性招商会取得了很大成功,一些国家参加了这次投资洽谈会,取得了较好的效果。

通过这件事,特区决策者很受启发,他们认识到举办以招商引资为主要内容的投资洽谈会,是进行国际招商活动的一个有效形式。

1986年4月,联合国工业发展组织又在德国汉诺威举行了一个国际招商研讨会,江平作为厦门代表,在会上发了言。

通过这些活动,江平等人的思路打开了,他们再次深刻认识到采取类似的形式,对加快厦门招商引资的步伐,是很有效的。

回到厦门后,江平向厦门特区领导谈了组建的初步设想。

最后,经过特区有关部门领导的认真研究,大家一致认为举行招商会切实可行。

1987年9月6日至9日,厦门、漳州、泉州和龙岩地区三市一地区在厦门富山国际展览城,联合举办了"闽南地区外商投资贸易洽谈会",这就是首届"九八"洽谈会。

在当时,这一小规模、区域性的洽谈会并未引起人们的注意,到会的许多海外客商还是第一次来厦门,显得陌生而好奇。

然而,作为第一次尝试举办投资贸易洽谈会,其成果却是鼓舞人心的:吸引外资4.58亿美元,投资签约54项,贸易成交7506万美元。

尽管数目显得有点小,但在当时的情况下,却已足够改变人们的看法。

在当时,许多人没想到这一旨在依托特区窗口优势,加强区域间合作以增强投资吸引力的地区性招商会,竟会成为中国大陆经济与国际经济合作的重要舞台。

33%的成功签约率以及会议期间的许多"没想到"，使前来赴会的海内外宾客在惊喜之中对这种招商洽谈会形式，以及对厦门经济特区有了更为深刻的了解。

看到首届洽谈会的成功，省、市领导立即决定，第二年继续办，并把洽谈会确定为第二届福建省投资贸易洽谈会。

这些洽谈会，实际上是从闽南地区，扩大到福建全省的一次飞跃。

后来，在征求港澳同胞、东南亚侨胞的意见后，有关方面正式确定每年的9月8日作为投资贸易洽谈会开幕的日子。

在以后的多年中，第二届"九八"洽谈会办得比第一届好，而且以后一届比前一届办得更好。

就这样，洽谈会的规模不断扩大。从1987年地区性洽谈会起步，1988年扩大到福建全省，1990年影响波及12个省、市。

1992年，经国家外经贸部正式批准升格为口岸级洽谈会，并改名为福建投资贸易洽谈会，减掉一个"省"字，标志着洽谈会已跨出了一个行政省份的范围。

1993年，4个省、市加盟联合主办，到会客商突破万人……

到1996年，第十届福建投资贸易洽谈会，主办单位已达19个，即福建、贵州、云南、山西、安徽、青海、西藏、辽宁、江苏、山东、河北，厦门市和国家科委、煤炭工业部、国内贸易部、农业部、中国专利局、中国开发区协会、中国外商投资企业协会。

至此，无论规模、功能，还是成果，洽谈会都具备了国家级投资贸易洽谈会的条件。

在这种情况下，特区的省、市领导抓住机遇，向国家外经贸部提出，将福建投资贸易洽谈会升格为国家级投资贸易洽谈会的申请。申请很快得到批准。

于是，从1997年起，洽谈会升格为中国投资贸易洽谈会。

同时，外经贸部还确定中国投资贸易洽谈会的宗旨是：

> 根据国家吸收外资政策和投资导向，创造更好的环境和更多的机会，为国际资本投入中国市场开辟窗口，为中国企业走向世界架设桥梁。

其目标定位是：

> 中国最大的国际投资博览会，中国最大的国际招商中心，海峡两岸经贸合作基地。

其运作模式也发生了变化，中国"九八"投洽会由国家对外经贸部主办，福建省政府、厦门市政府共同承办。成员单位涵盖了中国沿海、沿边、沿江和中西部绝大部分省份。

投洽会的影响是巨大的，经过了多届的承办，其辐射功能已由东部向西部，由南方向北方全方位拓展。它预示着一个以沿海经济特区为龙头，省、部携手合作，东中西部协调发展的新格局正在形成。

同往届福建投资贸易洽谈会相比，参加1997中国投资贸易洽谈会的成员单位大幅度增加。

在此次投洽会上，应邀参加的海内外宾客达5万多人，其中境外客商6200多名，分别来自港澳台、东南亚地区以及欧洲、美洲、日本、韩国、西亚等50多个国家和地区。

在主、协办单位的精心策划和海内外客商、参展商的共同努力下，投洽会取得了丰硕成果。

据不完全统计，在此次投洽会上，有36个成员单位共签订外商投资合同、协议和意向项目2706个，总投资199亿美元，利用外资145.7亿美元。

升格后的1997中国投资贸易洽谈会，规模和影响都比前十届大得多，档次和水平明显提高，更凸显全方位辐射功能，更具国际性招商色彩，是一次万商云集的盛会。

与此同时，厦门富山国际展览城建得较早，每年大规模的招商引资活动都在这里举行，其规模已适应不了日新月异的新形势发展的需要。

为了适应开办投洽会的需要，富山国际展览城不断扩大规模，展览城最初只有 400 个展位，以后每年不断扩建，1997 年又再次扩建，达 1000 多摊位，还是不能满足参展单位的要求。

为完善服务功能，投洽会设立主会场在富山国际展览城，还设厦门人民会堂分馆和永同昌商品交易馆。

看到分馆设立给投洽会带来的不便，特区省、市领导及时提出要建设新的国际会议展览中心才能适应厦门作为国家级投资博览会的要求。

经过多次可行性研究，特区确定在厦门莲前大道的终点作为新的国际会展中心会址。

随即，一座崭新的、较大规模、更上档次的会展中心从平地崛起，厦门也因此成为一个更加成熟的国际招商博览会口岸而屹立在中国东海之滨。

"九八"是厦门每年举行最大规模招商活动的日子，全市人民已经形成共识，即把"九八"作为加速厦门经济特区发展的重要时刻。

迎"九八"是厦门人民很习惯的口号。每年的"九八"，许多重大的项目签约，许多新的建设项目建成投产。

城市建设在迎"九八"中实现了新的飞跃，厦门变得更美了。

更为重要的是，在"九八"投洽会的带动下，一个现代化的都市、一派繁荣的经济区在兴起！

2006年9月8日8时30分,在欢乐的迎宾曲中,中央、省、市各级领导及来自全球的嘉宾陆续步入会场。

十年春华结秋实,万商云集铸辉煌。随着第十届中国国际投资贸易洽谈会在厦门国际会展中心隆重开幕,与中国改革开放一起"脉动"的投洽会迎来了10年华诞。

8时57分,各国国旗陈列在红色的巨幅背景板前面。乐队的"欢迎进行曲"已经奏响。第十届投洽会开馆式拉开序幕。

在第十届投洽会宽敞明亮的会展大厅中,鲜艳的中国红和璀璨的金色构成一派喜庆气象,顶部悬挂着10个金色的大球,分别标志着1997年至2006年十届投洽会的丰硕成果,大厅后上方的九幅大型张贴画,生动地展示了前九届开馆的盛况。

会展中心原来400平方米的中央展台已经扩大为600平方米,显得格外醒目,多出来的面积为的是给10周岁的投洽会过生日。这个生日舞台,就是新增加的突显10年特色的投洽会10周年回顾展厅。

10周年回顾展厅采用地球造型,内设有9个互动按键,当按钮按动时,10年来的投洽会的客商数和项目数都将在水银柱上显示。寓意"九八"已成为世界投资促进和贸易合作的大平台,以"走出去"和"引进来"为方针,不断加强和促进与世界交流合作,从而推动经济全球化的发展。

中共中央政治局委员、国务院副总理吴仪出席了投洽会开馆式。出席开馆式的其他嘉宾还有全国政协副主席罗豪才，世界贸易组织总干事拉米等。商务部副部长马秀红主持开馆仪式。

本年会展中心广场仍然是使用以"成长"为主题的造型。整个造型占地200平方米、高12米，由三条红色弧形飘带组成，造型中央两个半圆环环相扣，托出中间的扇形，并将"九八"金钥匙于顶部托起，造型的另一侧是数字"10"，"0"很有创意地以地球表示，体现出投洽会的全球性，整体显得十分大气。

在开幕式上，商务部副部长马秀红致辞说，经过10年努力，投洽会已扩展为吸引外商投资和积极促进中国企业到海外投资的大型国际双向投资促进活动，并成为国际上具有影响力且时效性最强的国际双向投资平台。

十年磨一剑，第十届投洽会的国际性更加凸显，成就更加令人瞩目，随着金钥匙的开启，一场世界与中国的资本融合的盛会开始上演。

第十届中国国际投资贸易洽谈会由商务部主办，联合国贸发会议、联合国工发组织、经济合作与发展组织、世界银行国际金融公司、世界投资促进机构协会五大国际组织以及中国国际投资促进会参与协办。

本届投洽会共吸引了来自全球46个国家和地区的政府和投资促进机构，80个国家和地区的393个境外客商团组参会。14个国家将在投洽会期间举办政策、环境研讨会和推介会，3个国家和地区举办馆日活动。

中国及其他56个国家和地区的投资促进机构和引资机构推出了近3万个引资项目。投洽会作为全球权威的投资政策研讨和信息发布的平台作用已经日臻成熟。

本届展览洽谈面积共5万多平方米，规划1500个国际标准展位，设省、市品牌企业馆和旅游招商馆。

"九八"投洽会举世瞩目，因为它已成为全球投资信息发布权威平台。

"中国将会创造条件，成为跨国公司服务外包这一高端行业的承接点。这将是中国吸引外资的新领域。"吴仪说。

"中国不仅是外国直接投资的主要接受国，而且还是资本输出大国。"联合国工业发展组织总干事坎德·云盖拉表示。

2005年，永不停息迈向国际投资博览会的投洽会，经批准再次升格中国国际投资贸易洽谈会，并正式加入全球展览业协会。

据组委会统计，10年来，先后有80多个国家和地区的投资促进机构、企业派员参展，144个国家和地区的2000多个政府机构、工商社团、跨国公司，近10万境外客商参会洽谈。11362个项目签约，600多亿美元从投洽会进入中国市场，2000多家中国企业先后参加了境外机构组织的投资促进活动，一大批中国企业从投洽会走向了世界。

四、开创辉煌

- 颜章根知道后,果断地说:"他不干,我干!"

- 潘邦平说:"概括起来只有四句话,守法勤奋是根本,质量信誉来取胜,诚心服务暖人心,薄利多销招客人。"

- 江泽民还强调:"我这次来的主要目的,是要促进更加开放、更加繁荣……"

经济特区房地产业发展迅速

1985 年，特区刚刚起步，特区扩大到厦门全市后，百业待兴，房地产开发几乎等于空白。

但就在此时，有 10 多位新加坡的工商界人士，却一眼相中了这块风水宝地，作出了去厦门"抢滩登陆"的重大抉择。

在当时，中新两国还未正式建交，这几个新加坡人就先在香港注册成立坚源有限公司，以此和厦门特区建设发展有限公司、福建省第四建筑工程公司共同创办了厦门市第一家中外合资的房地产企业，即厦门汇成建设发展有限公司。

1986 年，汇成公司投入开发四幢花园式公寓汇成花园，建筑面积 4400 平方米。

1987 年，该工程竣工，当年就销售一空。

同年，汇成公司引进国外先进设备，成功地创办了大后山碎石场，形成年产 10 多万吨的大型石料生产基地；大胆承接了濒临倒闭的后坑机砖厂，使其成为年产 1000 万块优质机砖的大型机砖厂。

抢滩成功，阵脚已稳，就在汇成公司准备大举开发之际，公司又面临一个重大抉择。

1989 年，许多外商信心不足，眼光不远，或纷纷撤资，或抱臂静观。在这种情况下，刚刚热起来的厦门房地产一下子冷清了许多。

此时的汇成公司，不退反进，特意于1989年9月12日举行盛大的择吉开业典礼，并倾巨资参与厦门的旧城改造：嘉莲花园高级别墅区、烟草综合大楼、汇成商业中心。

在此情况下，公司注册资本由2000万元人民币增加到5000万元，合作经营期限由原来的15年延长到40年……

"沧海横流，方显出英雄本色。"随着中国国内形势的好转，等到众多合资、独资企业醒过神来，再投重资之时，他们发现，汇成已远远不止"领先一步"了。

对汇成公司独特的眼光和魄力，有位同行说得好，"光讲佩服是不够的"。

汇成公司不仅具有把握市场的独到眼光，更有敢于吃苦的优秀管理者和员工。

汇成是合资企业，"老板"自然有中方的，也有外方的。

在外方"老板"中，尤以白人烟较为出名。

白人烟是当时汇成公司外方副董事长，早在新加坡时，白人烟就是以承建大型市政工程而出名的人物。

1985年，汇成公司进军厦门时，第一个项目便是大后山碎石场。

公司初创，任务重，工程紧，特别地艰难，不少人吃不消，打了退堂鼓。

而当时的工人，大多是白人烟从祖籍地安溪招聘来的，文化程度、工作素质参差不齐，这就需要下大力气培训。

于是，从清理工作面和安置碎石机这类最简单的工序开始，年过花甲的白人烟就事事亲力亲为。

大陆人有午休习惯，午饭后大多需停工一段。

对此，白人烟并不责怪，而是自己脱下西装，挽起袖管，拿起工具干起来。看到白人烟这样做，谁还能再闲着？

当时公司人手少，车辆也少，一直到1985年10月，公司也才拥有两部车，山上碎石场工地就占了一部。

公司总部在市区租了临时用房，而白人烟却成天泡在工地里，员工们也都骑车每天早出晚归，往返10余公里。

同白人烟一样，汇成公司的其他人也都个个勤劳。公司总经理白连发，董事白仙合，是白火燎先生的一家子，也都一样勤、俭、苦干。

在生活中，这些"老板"们的伙食简单得很，一碗清汤面就是午餐，两个面包一杯茶，就是早、晚餐……

因此，汇成的员工善意地戏称："我们的老板是打工的。"

可以说，勤、俭、苦干的敬业精神，绝对不是汇成人的专利，但是，汇成人却将它发挥得淋漓尽致，也因此取得了巨大成功。

除了具有勤俭的员工外，汇成公司在进行房地产的开发中，还注重社会效益、环境效益的提高。

汇成花园、嘉莲花园落成时，门庭若市。

在这种情况下，汇成的房产在几个月内售空，房子的产权证早已办妥，对于一般房地产开发商来说，就可以撤了。

然而，汇成没有拍拍屁股走人，而是坚持和客户保持联系。有些项目、设备早已过了"半年保修期"，客户提出诸如围墙改造、绿化、供电等问题，他们仍然十分主动地承担这些"分外"的责任，出资予以解决。

汇成商业中心的高级写字楼、住宅楼，原来各配备两台韩国产"高士达"电梯，运行两三年后，客户提出运载量和速度方面效果不佳。

作为开发商，汇成还是揽过来加以解决。为此，他们专门进口三台全电脑控制的电梯，替代写字楼原有的两台电梯。

对住宅楼的两台电梯，汇成公司也进行了技术改造，将继电控制改为电脑控制。

这一进一出，凭空贴进去50多万美元。汇成"亏"了吗？"不，不亏。赚钱重要，信誉更重要！"汇成人算的是另外一笔账。

如此重信誉，重质量，汇成的"广告"做到了客户的心里。

于是，很多购买过汇成房子的人，通过同乡会、宗亲会、商会、旅行团等方式，向社会传递出汇成的良好信誉信息。就这样，口耳相传，汇成房产质量、信用的口碑自然极好。

良好的信誉给汇成带来了巨大的好处，在广大市民的认同下，汇成楼宇还连连刷新短期售罄的纪录。

不仅在售后上下功夫，汇成建筑的品质更是让人放心，为此，汇成还提出了28个字作为公司房子的宗旨：造型独特、布局合理、设备先进、装饰高档、配套完善、环境优美、管理良好。

这28个字，实际上也可作为汇成公司"三个效应都要"的注脚。

在抓"三个效应"工作中，"环境效应"与赚钱矛盾最大。然而，汇成人不为眼前利益所动，在环境效应上取得了突出的业绩，显示出他们不但有创名牌、保优质的意识，而且具备长期经营的眼光、韬略，更有能为城建通盘考虑、代人分忧的胸怀。

在当时，汇成公司在汇成商业城时，在寸土寸金的情况下，汇成公司还是专门沿着贫袭湖岸，留出15米宽作为配套绿地。仅此一条绿化地，就达到一万余平方米。

1988年8月，在购置西堤那一片淤积地时，公司考虑到在这儿造地建楼，一可以加固西堤；二可以促使这一带的冷落的海岸线繁荣起来；三可以让新旧城区连成一片。

为顾及填滩对海域的环境影响，汇成公司还专门委托国家海洋三所进行可行性调查分析，由市政有关部门进行审查论证。在得到多方的结论后，汇成公司开始动工。

当时，特区法律还没有健全，这就常常造成有时批出来的地块，会出现与城市规划的矛盾。

面对矛盾局面，汇成公司积极奉行"城规大于合同，全局重于局部"，这为特区的合理按科学规划发展提供了重要保障。下面的一份记录就反映了汇成公司的这种大局精神：

汇成商业城，1988年批了9万多平方米地块，后来市里根据城市规划要求，向汇成收回红线图内的6496平方米，汇成爽快地同意。

汇成大厦，早在1988年就签了地约。1992年市城建、规划部门发现道路留得窄了，必须开辟一个港湾式停车场，要求汇成让出555平方米，汇成又欣然接受。

帝豪大厦9000多平方米，商品房占地6453平方米，其他近3000平方米用于道路建设。

后来出现道路太窄的反映，汇成公司遂出资委托北京的中国城市规划设计院做了调研。结果是：远期必须做简易立交桥。

于是，汇成无偿让出581平方米，帝豪大

厦商品房占地就只剩 5872 平方米。

取之社会，回馈社会，不是汇成的"专利"，而汇成人的大气魄，却又令人叹为观止。

1990 年 8 月，汇成出资 60 万元，分别在厦门一中和双十中学成立奖教、奖学基金，开了厦门市企业成立基金会赞助教育的先河。

1993 年 2 月，汇成公司又捐献 5 万元给"关心下一代协会"。

1995 年 7 月，汇成公司在厦门度过 10 周岁生日，他们不搞铺张浪费的庆典，却一举捐资 400 万元赞助厦门的公益事业。

十年心血，汇成大观。靠着独到的商业眼光、勤俭的工作作风和良好的信誉，汇成公司的发展非常迅速。

至 1995 年，汇成在厦门一地已拥有房地产近 60 万平方米，在同行中名列前茅。客户遍及包括香港、台湾在内的全国各地以及东南亚地区。

同时，汇成公司平均年创利在 1000 万元以上，1992 年以后，汇成成为厦门的纳税大户，年纳税额达 1000 余万元。

1994 年，汇成公司跻身于厦门市三资企业纳税排行榜前 5 名。

1995 年，厦门市中行、农行、建行、国托等金融单位通过联合评估，授予汇成 AAA 信用单位。

经过国家建设部评审，汇成在福建省众多外资、合资房地产企业中脱颖而出，成为唯一一家具有一级房地产综合开发资质等级的企业。

在厦门取得巨大成就之时，汇成立足厦门，开始向苏州等地辐射，公司也不断朝多元化方向发展。

除兴建了大型建材基地外，汇成还先后投资成立了新艺建造有限公司、阿士卡彩印技术有限公司、苏州汇盛建设发展有限公司、白士德楼宇管理有限公司等关系企业。

同时，汇成公司还向集建材、物业、建筑、商务等行业于一体的商业集团挺进。

和汇成一样，祥业也是一家房地产公司，它的创始人就是颜章根。

1982年，26岁的颜章根离开家乡永春古邑，孑然一身的他跨过罗湖桥，去了香港。

50元港币！这是颜章根此时的全部家当。

难！一无资金，二无知识，三无关系，想干点事情，何其艰难！

就这样，一切从零开始。

7年后，已经有一笔小资本的颜章根，开始把眼光投向了内地。也正是内地这块投资福地造就了这位"香江骄子"。

1989年，一些外商、港商对到内地投资心生疑窦，有的停止前进，有的干脆打道回府。而颜章根却一掷亿金，把巨额的资金投向了内地，这令不少同行惊愕万分。

一天，颜章根从香港飞抵厦门。当颜章根叩开厦门特区房地产综合开发公司的大门时，总经理又惊又喜，仿佛贵客从天而降。

两天后，合作开发由 88 幢豪华别墅及高级公寓组成的"富豪花园"的合同正式签约了。

颜章根此次到厦门，还闻讯湖里工业区有一块黄金地皮等待买主。这块地皮原来有位港商捷足先登了，办了购买手续，并交了 3 万元人民币的定金。后来，这位港商弃了约，还要索回定金。

颜章根知道后，果断地说："他不干，我干！"

签约以后，颜章根拿出 3 万元代还了那笔定金，那位弃约的港商既感动又惭愧。

就这样，颜章根在这块 5000 多平方米的土地上，建造了荣华大厦。接着，颜章根又在附近另择一块地皮，建造了华昌大厦。

这 3 个房地产工程使颜章根增强了信心，同时奠定了他拓展在内地投资的坚实基础。

面对巨大成就，颜章根说："我生长在内地，深知中国的改革开放之路是经历了曲折和跋涉之后作出的选择，11 亿人民一旦接受了这富民强国之路是任何人任何力量也无法改变的。这就是我的胆识。"

在厦门特区成立的最初岁月里，以汇成、祥业为首的一批房地产企业开始诞生。它们的存在，有力地推动了厦门房地产乃至整个城市建设水平的提高。

厦门市房地产业作为一个新兴产业从无到有,迅速崛起,日趋兴旺,房地产业随着改革开放的进程形成了全民、集体、外资共同参与的格局,改变了城市住房统建统配,国家独自经营的局面,拓展了城建资金来源和房地产开发领域,有效改善了城区建设面貌,并建成了莲花、振兴、东渡、槟榔、松柏、金鸡亭、金尚、前埔等 30 多个住宅小区,极大地改善了居民的住房条件,推动了城市现代化建设。

名牌企业诞生厦门经济特区

自 1980 年特区成立后,随着特区经济的飞速发展,一大批的品牌企业在厦门诞生。

1985 年 12 月,一家专业的电视机生产企业厦华电子公司成立了。

经过多年的发展,"厦华"这个牌子已经走入到中国的千家万户。

然而,"厦华"并不满足那微小的荣誉。不论是开拓国际市场还是占领国内市场,从早期以适应市场为主到后期有意识实施名牌战略,厦华电子公司始终在通往名牌的道路上进行不懈的努力。

1993 年 10 月,厦华公司在全国电子行业率先通过了中国商检局厦门质量体系评审中心和国际认证机构 DNV 的严格评审,取得了 ISO9002 质量体系认证证书,在创名牌的道路上走出了重要的一步。

接下来的几年,"厦华"牌电视机开箱合格率基本保持在 99% 以上。

可靠的质量为"厦华"创下名牌奠定了基础,而不断推出满足不同层次用户和消费者需求的产品,并注意按照市场要求适时调整产品结构以及使产品畅销不衰的举措,则进一步确定了"厦华"名牌产品的地位。

凭借着强大的经济实力和科技进步，厦华公司在开业之初就成立了工程部，立足走自主开发之路，努力向新颖、高技术方向发展，以图抢先一步占领市场。

当图文电视和立体声彩电在世界上刚诞生，"厦华"立即着手从 35 厘米到 73 厘米的多制式彩电全系列开发，1994 年全面投产，成为公司出口的主要产品。

由公司自行研发的 CPU，其新品样机受到国内外用户的青睐，菜单式图文电视带立体声彩电成为"厦华" 1995 年的主力产品，并逐步形成全系列投放市场。

如果说创名牌之路所必经的高质量、多品种等关卡主要靠练内功的话，扩张市场占有率的残酷商战，才真正让人感到创名牌的不易。

面对国内外著名品牌的争夺，特别是 20 世纪 90 年代国内彩电市场降价狂潮的冲击，厦华公司果断地调整营销策略，在降价大战中不仅守住了原有的阵地，还乘势扩大了"地盘"。

同时，厦华公司将销售方向从大中城市逐步扩散到周边地区，包括中小城市、城镇及农村市场。

在扩大市场的同时，更建立起分布各地的以 20 多个办事处为主导的销售网络。

接着，"厦华"首次建立商业专柜，直接在销售最前沿与其他品牌争夺消费者，在促进销售和塑造产品形象上发挥着重要作用。

利用广告宣传直接争夺消费者，是当时许多企业常用的手法，竞争尤其激烈。

厦华公司同样利用各种媒体广泛宣传厦华产品，不惜重金在一些知名度大、品位高的广告媒体上进行宣传，如在中央电视台天气预报及重要的体育运动转播节目中宣传"厦华"品牌等。

同时，公司还先后在北京、上海、湖北、山东、湖南和东北等地大中城市，进行创名牌促销活动。

配合不断增加的销量，厦华公司在售后服务上也屡出奇招：公司不惜投入大量资金，在全国各地建立了300多个售后服务点，采取全国联保和维修方式，又在部分地区陆续推出承诺，如三年内免费实行跟踪服务、性能故障无条件维修等，并请当地消费者监督。

每年9至10月，厦华更是利用"九八"投洽会、中秋节、国庆节等重大节日，在各大商场联手推出"厦华彩电及其最新产品服务"，这种新的销售模式，受到了消费者的欢迎。

尽管创名牌和保名牌是很困难的，但"厦华"已被中国科学技术协会等单位评定为"中华名牌"。

后来，"厦华"人以前所未有的激情，创造着一个闻名于世的"厦华"新奇迹。

在厦门特区，一大批品牌企业已经诞生，它们的成功也带动了"厦门"二字享誉海内外。

厦门经济特区涌现创业热潮

20世纪80年代初,当潘邦平刚步入个体行列时,他经营的只是一个卖包子、馒头的夫妻小店。

"时间就是金钱。"随着改革开放形势的发展,人们生活工作节奏的加快,潘邦平以其独具的目光瞄准了快餐这一行业。

起初,潘邦平还是抱着试试看的心理,卖包子、馒头兼卖少量快餐。少到什么程度呢?照潘邦平的话说,是"四个快餐盘,三斤白米饭"。

但由于精心经营,潘邦平的快餐业得到了迅速发展,很快,店面扩大了,花色品种增加了。几经风雨,潘邦平的快餐业已初具规模,生意越来越兴隆。

但是,潘邦平并不满足现状。

1989年下半年,潘邦平投资60万元,建起了"友利快餐楼"。

在餐饮业竞争激烈的情况下,潘邦平是如何立稳脚跟、开拓市场的呢?他说:"概括起来只有4句话,守法勤奋是根本,质量信誉来取胜,诚心服务暖人心,薄利多销招客人。"

自开店那天起,潘邦平就主动缴纳各项税收,积极参加"个协"组织的法制培训班和社会活动。

为了满足各方顾客的口味，潘邦平设立"顾客意见簿"，根据顾客反映，及时调整花色品种。

同时，潘邦平还对前来就餐的顾客给予热情周到的服务，坚持做到四个一样：生客、熟客一个样，本地人、外地人一个样，消费多、消费少一个样，老少一个样。

通过"四个一样"，友利快餐赢得了顾客的心。

一次，一个外地打工仔买了份快餐，发现饭菜是凉的，原来是服务员错把前一天剩下的盒饭卖给了他。

潘邦平问清缘由后，立即退款，并亲自端上一盒热气腾腾的快餐。

第二天，那小伙子又带了3个人来就餐。从此，这4个人便成了店里的常客。

在当时，有些双职工因上班路远，中午不能回家，就把读书的孩子放在友利快餐吃午餐。

一次，服务员由于粗心，错把一份3元的快餐当成5元钱的卖给一名小学生。

第二天，当小学生再来就餐时，潘邦平就叫服务员把多收的2元钱退还给他。

潘邦平的第二分店位于市第六中学对面，是1994年底增设的。

在当时，为了解决住校师生就餐问题，潘邦平破例推出新项目：一份快餐1至2元的价格卖给师生，并向学校无偿供应开水。

消息一传出，300多名师生纷至沓来，把新开张的小店挤得满满的。

在经营中，友利快餐服务公司有个原则：只要有人订餐，不管路途多远，时间多紧，都保证送到。

有一次，潘邦平接到湖滨北路一家台资企业的电话，要求12时前送到10盒快餐，他毫不犹豫就答应了。

可潘邦平一看表，已是11时30分了，天又下着毛毛细雨。用三轮车是来不及了，打车来回得花几十元，很不划算。

但潘邦平本着"一诺千金"的原则，就亲自打的按时把快餐送到台商手中。

潘邦平十分注重对市场的调查研究，掌握市场信息，抓好快餐店的经营。

20世纪90年代初期以后，麦当劳、比萨饼、特香鸡、肯德基等洋快餐纷纷涌入厦门，这对红火一时的街头中式快餐带来了很大冲击。

面对挑战，潘邦平通过调查，仔细分析发现，中式快餐花样多，营养丰富，又合多数人口味，价格比洋快餐便宜得多，三五元即可吃饱，对上班族来说，经济方便又实惠。

而洋快餐则不同，一个汉堡包八九元，一个比萨饼几十元，再加上饮料，吃一顿少说也得一二十元，偶尔换换口味还可以，天长日久，对工薪族来说，是吃不起的。

那为什么中式快餐不受欢迎？潘邦平分析后，果断地说:"关键是卫生差。这是中式快餐的'通病',是致命的弱点。"

发现弱点后,潘邦平根据自己的实际情况,主动找差距,进行调整:一是增添了部分卫生设施;二是从提高员工的素质入手,对员工进行培训,员工每天上岗前,个人卫生都要经过带班人检查合格后方可上岗。

同时,潘邦平还要求每个店内都设有卫生监督值日员,确保店内六面光和餐具、灶具、食品就餐环境的整洁卫生。

经过努力,潘邦平的生意始终保持着兴旺势头。他的总店和6个分店都顾客盈门,每天还有外贸大厦、鸿山大厦、海关、西堤别墅等百余家单位预定快餐。

每天,潘邦平都要用两部汽车先后向预定单位、企业送快餐近4000份。

经过不懈努力,他已拥有一座四层楼的快餐服务有限公司和6个分店,员工百余人,资产300多万元。潘邦平本人也被人称为"快餐王"。

1988年,吴西池从台湾到祖国大陆考察了许多地方。在一些五金弹簧工厂参观时,吴先生发现这些工厂设备落后,手工操作量大,产品质量难以保证。

而吴西池自己在台湾从事此业已有近10年经历,积累了一些生产管理经验,也有一定的销售渠道,如果来内地办一个五金弹簧企业,前途必定看好。

第二年,当许多投资者纷纷打退堂鼓时,吴西池在厦门独资兴办了厦门华一弹簧工业有限公司。这是福建省引进的第一家生产精密弹簧的三资企业。

在这之前，厦门的许多外销厂家多到日本和中国台湾地区购买精密弹簧。

尽管当时华一公司引进的自动化设备不多，但生产出的产品质量可靠，替代了部分进口产品。

这一待开垦的处女地，促使厦门华一公司又从日本、德国等国家引进了上百台全自动电脑化精密弹簧制造机械。

由于生产线从基础工程开始，到最后较复杂工序均一次完成，并由电脑仪器检验成品，每道工序严把质量关，华一公司的产品很快就受到越来越多的用户欢迎。

一时间，长虹彩电、施乐复印机、水仙洗衣机、西门子电器等著名品牌都给华一公司下订单，松下公司在中国大陆投资十几年工厂的产品，也都由华一公司提供配套弹簧。

厦门华一公司随着市场份额的扩大而不断发展，6年间，投资额增加了6倍，生产规模扩大了7倍，1997年，年产值近3000万元。

在厦门，有一对恩爱夫妻用他们一颗朴实的心，一双勤劳的手，铺就了一条通往理想的坦途。他们就是厦门中盛粮油企业公司总经理、福建省劳动模范黄传文和他的妻子陈宝珍。

1977年，黄传文还是一个身无分文的农民，只有在当地推石头、挖矿山养家糊口。

1978年，黄传文为了能略增一点收入，来到厦门拾、晒牛粪，维持最低生活水平。

直到1987年，黄传文在村干部的帮助下，大胆承包了村里的榨油坊，才开始了他创业的新起点。

随着时间的推移，一间手工式榨油厂，历经5年艰辛，开始走出村门，走出厦门。

在这5年中，黄传文的名气传出去了，许多附近的村民及一些粮油企业来到他这个简陋的工厂里加工花生油。工厂的生产由原来的季节性生产发展成满日生产。

就这样，黄传文也在艰辛的路途上一步一个脚印走出了自己的榨油之路。

第二个5年开始了，随着企业的发展，黄传文意识到生产不能再是家庭作坊式，应该具备现代模式。

于是，黄传文充分发挥集体所有制乡镇企业的优势，以科学的企业管理手段，积极引进先进的生产技术和管理经验，从培养管理骨干和生产技术人员入手，带领职工奋勇拼搏，不断提高生产效率和产品质量。

1992年，黄传文开始征地，占地面积为8200平方米，并引进先进的设备扩大生产规模。

同时，黄传文还把企业更名为中盛粮油企业公司，公司由原来的10多名员工发展到40多人。

1996年，公司产量达7000吨，产品年销量以95%的速度递增，年销售额突破8600万元，实现上交利税550

万元，取得了良好的经济效益和社会效益，成为当地企业龙头之一。

从1990年至1997年，该公司连续8年被厦门市人民政府评为"重合同、守信用"企业；1995至1996年度被福建省技术监督局、福建省工商联合会评为民营企业技术监督工作先进单位；中国轻工协会联合授予"消费者信得过产品"称号；福州消委会授予"1996年花生油市场调查达标产品"称号；厦门市标协质量保证中心推荐盛洲牌纯正花生油系列产品。

多年来，黄传文也多次被评为厦门市劳动模范，1997年，他荣获福建省人民政府授予的福建省劳动模范称号。

黄传文在注意抓好企业经营管理的同时，还特别注意搞好企业的文明建设，树立企业形象，注重企业的社会影响。

在发展企业的同时，黄传文致富不忘回报社会，几年来为家乡的基础设施及教育、卫生、体育等公益事业捐款近40万元，受到群众的广泛好评。

优质的产品，真诚的服务，赢得了厦门、福州市场。但是，黄传文并不满足，他还在苦苦地追求一个梦，一个中国名牌"梦"。

在福建省提起美容行业，必然要谈到厦门花都美容化妆品公司。而提起花都，人们自然想到公司总经理林金松。

林金松年轻、活泼，处处透露着勃勃生机，他对事业的追求有一股韧劲。

林金松从小就养成了自强自立的品格。他小学一年级就在外搓草绳，初中阶段的每一个夏天他都沿街卖冰棍，高中时他已能靠修理电器谋生了。

1986年年关，林金松修理电器回来，在一家理发室花了3元钱，烫了头发，一照镜子觉得漂亮多了，心里想：自己喜欢的别人也会喜欢，而且做理发师收入也不错，于是暗下决心从事美发行业。

1987年，高中一毕业，林金松就到厦门一家发廊做小工。做小工是非常辛苦的，每天扫地、拖地板、洗毛巾，工作单调繁忙。

但林金松是个有心人，平时他总抽空留心观察师傅为顾客做发型，初步掌握了发型设计知识。

1989年，林金松到香港花都美容学院广州分院深造，1991年，他自筹资金在厦门华侨大厦开办第一家专业性的美容发型设计中心——"花都美容中心"。

1992年，为在技术、管理上有新突破，林金松又到香港总院深造，以优异的成绩获得该院毕业证书。

从香港回来，林金松眼界大开，他抓住改革开放的大好契机，放手拓展事业。

1994年1月，林金松筹资开办"厦门市开元区花都美容化妆品公司"，主要经销美容美发仪器设备及各种美容美发系列用品。

同年 6 月，林金松在汇成商业中心一楼，开办了一间规模较大、档次较高的"花都美容城"。

1996 年，公司取得了 6 个国际名牌的进口化妆品美发用品的总代理权，凭着优质的服务、精湛的技艺、良好的信誉、合理的收费，赢得了广大顾客的信任和赞誉。

1994 年 8 月，为推动美容美发事业的发展，解决美容美发专业技术人员紧缺的问题，林金松开设了"厦门花都美容美发培训中心"。

培训中心开办后，林金松给中心配备了一流的师资，狠抓教学质量。中心成立后，几年间，已为各地输送近千名合格的美容美发技术人才。

1995 年元旦，公司又开办了上规模、上档次的"花都美容城香江分店"。此店还曾被厦门市政府评为"双优服务文明单位"。

1996 年，林金松又将脚步迈向福州，进军省城，着手开办"福建省花都美容美发学院"。他的设想是"立足厦门，开拓福建，面向全国，进军海外"。

艰苦奋斗铸就经济特区辉煌

从 1980 年厦门成为特区时起，特区的各项事业都取得了长足的发展。

在这些成就中，不仅有经济、政治，还有文化、体育等等，这些成绩的取得，自然离不开特区人的艰苦奋斗精神。

闽南有首脍炙人口的歌，歌名叫《爱拼才会赢》，用这首歌的歌名来概括高文川那几年走过的路是再合适不过了。

后为厦门华特进出口公司总经理的高文川，1988 年加入该公司，1989 年厦门市下达给该公司 30 万美元的创汇任务，他一人就完成 45 万美元，为刚组建的公司立下汗马功劳。

在这以后的几年中，高文川每年都以 3 万美元的速度发展，个人创汇业绩在全市业务员中名列前茅。

1991 年，高文川获得厦门市经贸"开拓精神奖"，1992 年被评为厦门市劳动模范，1994 年、1995 年连续两年获得福建省五一劳动奖章。

熟悉高文川的人都说，高文川是一个爱拼敢闯的人。这从高文川的经历中可以看出来。

1985 年，高文川从厦门大学企业管理专业毕业，进入了当时令人羡慕的厦门感光厂工作。

带着拼一拼、闯一闯的想法，1988年，高文川从国有大厂调到刚刚筹建、欠着20万元贷款、连电话都没有的华特进出口公司，工资也从原来的200多元降到100多元。

环境、待遇的改变对高文川来说早有思想准备，而最令他苦恼的是业务不熟，没有客户。

俗话说，隔行如隔山。华特公司组建时只有几个半路出家的年轻人，对进出口业务了解甚少，但凭着一股闯劲，走到一起来了。

将近一年时间，高文川和其他业务员一样，每天东奔西跑，没做成一笔生意。

在当时，高文川心里虽万分焦急，但他仍奔跑不止，只要有一线希望就不放弃努力。

1989年"五一"前夕，高文川终于打听到一位台商要进口锡箔，锡箔是民间手工制品，厦门尚没有大的厂家，到哪里去找货源呢？

此时，高文川想起他的岳母所在的村里有这种传统手工业，也许能在那里找到货源。

一不做二不休，高文川五一节顾不上休息，马上动身去晋江岳母所在的小村庄联系货源。

功夫不负有心人，虽然成交额只有2.7万美元，但这却使高文川有了零的突破。

几年后，高文川虽然做了许多大生意，但这笔小生意却永远留在了他的记忆之中，也正是从这样一些小生意中，他悟出了诚实、勤劳、谨慎是一位合格的进出口业务员必不可少的准则。

几年过去了，高文川从一位普通业务员成长为公司总经理，后来的"华特"也从单一贸易公司向技工贸结合的集团化企业迈进，并闯入厦门进出口总额最大的百强企业行列。

在高文川的案头，除了贸易书籍以外，又增加了法律书籍，学管理出身的高文川，深知投入与产出的辩证关系。他说，搞外贸的人永远生活在浪尖上，不良决策的后果，甚至会影响整个公司的生存，而好的决策离不开对法律的了解。

高文川的下一个愿望，就是加强对法律的学习，做一个懂业务、懂管理、懂法律的公司带头人。当然，要实现这个目标，还需要他再"打拼"。

和高文川一样，郭有亮也是一个能打拼的人。

1991年5月，福建兴业银行厦门办事处经中国人民银行总行批准升级为厦门分行。

在当时，厦门岛内金融业竞争激烈，兴业银行面临的就是如何在拥挤的空间中拓展自己的经营领域，说白了，就是拓展自己的生存空间。

面对困难，郭有亮意识到，只有找准坐标才能立稳脚跟，为此，郭有亮提出兴业的宗旨就是要"立足特区，兴产置业"。

围绕这个宗旨，郭有亮首先提出了盘活资金存量，优先保证厦门重点工程建设资金需求，支持企业改造，扶持和支持创汇大户、骨干企业及一批效益好、信誉高的乡镇企业。

创业之初，我国第一座跨海大桥，厦门大桥进入施工，在自身资金实力还很薄弱的情况下，兴业先后贷款5000万元，保证了工程按期完成。

事后，郭有亮深有体会地说，兴业的这些做法，不仅为企业赢来效益，也为企业赢得了信誉，更为兴业赢得了生存空间。

1991年前，兴业只有几项传统的银行业务，为了能与同行业的业务水准同步，郭有亮带领大家，积极奋战，先后拓展了外汇、证券、本外币存款贷款汇兑结算业务、本外币个人储蓄业务、本外币票据承兑业务等10多种业务。

同时，郭有亮还确立了"多渠道、全方位、多层次"吸储方针，对缴存大户每天都派专人专车登门收款，并开设服务专柜。

就是靠这种辛苦的专门服务，兴业银行才在大银行林立的特区取得了一些发展空间。

作为一个区域股份银行，从诞生之日起，兴业就面临着许多风险和挑战，这在客观上要求他们有超前的经营意识。

因此，兴业银行从诞生那天起，走的就是一种与世界惯例接轨的路子。

在当时,兴业根据国情、行情大胆借鉴国外商业银行的经营方式和先进的管理经验,按规范化要求,进一步完善各项规章制度,在经营中始终坚持资产负债比例管理,坚持信贷资产总量的平衡,实行贷存比例管理,在保证缴存法定准备金、留足备付金的前提下充分运用资金,真正体现了资金的"流动性、效益性、安全性"的原则。

奋斗者总是没有闲暇顾及自己的脚步,猛然回首才发觉地上的脚步是那样踏实。当这位年过半百的老行长用平缓的口气跟记者述说这一切的时候,"才发现自己真的有了一点成绩"。

其实,郭有亮是值得自豪的,在他的艰苦努力下,兴业4年迈了四大步,全行总资产超过50个亿,年利润每年以53%的速度递增。

1995年,兴业银行的储蓄存款在全市同行业中名列第二。

以前的小老弟已与老大哥比肩了,可郭有亮却说:"那是全行同仁共同努力的结果。"

是啊,如果没有郭有亮及全体兴业人的艰苦努力,兴业银行不仅不会取得如此快的发展速度,就是想在厦门这里正常经营下去也是很困难的。是艰苦奋斗成就了厦门兴业银行。

也正是靠着特区人的这种艰苦奋斗的精神,厦门特区取得了飞速的发展。

1988年，国务院批准了厦门市为国家计划单列市，并赋予其享有省一级的经济管理权限。国务院在批复中这样写道：

> 厦门市是我国重要的沿海城市，在实行对外开放、发展外向型经济中占有重要地位。为了进一步搞活厦门特区经济，加快实现沿海经济发展战略，国务院批准厦门市在国家计划中实行单列，赋予其相当于省一级的经济管理权限。
>
> 厦门市实行计划单列后，福建省人民政府要继续加强对该市的领导，国务院各部门要积极给予支持。厦门市要充分发挥地区优势，加快发展外向型经济的步伐，为国民经济建设作出更大贡献。

从这个批复中，我们能够看出中央对厦门特区所取得的成就的认可。

1989年12月23日，中共中央总书记江泽民来到厦门特区。

在特区视察过程中，江泽民看到厦门取得如此巨大的成就，非常高兴，他愉快地说：

我已经5年没有到厦门来了，这次到厦门，总的一个印象是变化很大，你们是鸟枪换大炮，设备也好，厂房建设也好，包括基础设施都大变样。人才也从各个方面聚集起来了。

江泽民还强调：

厦门前景广阔得很，潜力大得很，因为福建智力资源比较好，将来厦门机场要扩建，厦门4个港口万吨泊位还要延长。

我这次来的主要目的，是要促进更加开放、更加繁荣……

正如江泽民所说，特区成立以来，厦门变化很大，这充分证明了改革开放和举办特区的政策是正确的。

在以后的岁月里，厦门特区人民在中央的关怀下，充分利用特区政策优势，不断创造出一个又一个经济奇迹！

本书主要参考资料

《春天的故事》徐明天著 中信出版社

《特区之光》《厦门商报》总编室编选 厦门大学出版社

《难忘这八年（1975—1982）》程中原著 世界知识出版社

《突破中国特区改革启示录》董滨 高小林著 武汉出版社

《大突破》马立诚著 中华工商联合出版社

《转折：亲历中国改革开放》吴思 李晨著 新华出版社

《邓小平的最后二十年》余玮 吴志菲著 新华出版社

《经济特区的建设》全国政协文史和学习委员会编 中国文史出版社

《中国经济改革30年/源头沧桑（20个第一）》王佳宁著 重庆大学出版社

《大浮沉1987—1997中国改革人物追踪》邢军纪等著 中国税务出版社

《改革开放搞活一百例》北京日报总编室编 北京日报出版社

《中国经济特区的建立与发展厦门卷》厦门市史志办公室编 中共党史出版社